流光緩緩，迷了路又何妨

尹啓銘 著

自序

以前從沒想過要出本軟性的散文集。

5 年前離開公職後，中國時報兼旺報總主筆戎撫天兄邀我寫些有關經濟和產業的專欄、社論等時論性文章。寫了 4 年後，一方面江郎才盡，另方面有點彈性疲乏，想休息一陣，做些自己一直想做、喜歡做卻未能落實的事。

到了去年初，剛好是《未央歌》在台出版 50 周年，商務印書館和聯合報副刊對外徵文，我心有所感，匆忙間寫就一篇短稿，幸獲採用，那是我首篇在副刊刊登的作品，讓我對自己的散文寫作能力有了初步的信心。

不久之後，應朋友之邀至台北大直餐敘，捷運車上偶遇一對父子從雲林北上考試，憶起四十多年前家父陪我上大學註冊的情景，因此寫下〈父與子〉，po 上臉書，許多朋友告訴我說寫得不錯。不管大家的肯定是否謬讚，倒是激起我想為以前和日後的雪泥鴻爪留點東西的念頭，於是

又開始敲起鍵盤，9 個月時間陸續寫了近 30 篇文章，部分放在臉書和朋友分享。

要把非經濟專業性的文章拿出來，我原是相當猶豫的。

此生一路走來，一直忙於應付各種考試。小學考初中、初中考高中、高中考大學、大學考研究所，有如在土石路上不停奔跑無暇喘口氣的快遞，既沒受過寫作訓練，只記得老師說的起、承、轉、合，也談不上有什麼文學造詣，除了中學 12 本國文教科書外，偷得閒暇時看最多的就是武俠小說。

此外，寫一般散文和專業性時論初看或粗看之下好似差不了多少，認真看來，卻如黃河和長江，雖都發源於巴顏喀喇山，其後各奔前途，各有不同氣象。經過 4 年的琢磨，只要確定中心主軸，要寫篇經濟或產業時論，對我已非太難之事。但若是轉換跑道，改寫軟性的散文，我更擔心的是：我本就缺乏一顆纖細敏感的心，三十多年的公職生涯又讓複雜的外在環境把原本柔軟的心硬化了，硬邦邦的文章冰冰冷冷，只有文字而沒了該有的靈魂，那可就真

的是味同嚼蠟。

可是轉念一想，當初開始寫產經專欄時，也曾經歷黑暗階段，思慮經常陷入泥淖，架構改來換去，主軸飄忽不定，提起筆來如千鈞之重，字字難行；我對自己的要求又高，一篇近 1,500 字文章丟掉重寫 3、4 次是家常便飯。經過約半年的折磨後，開始逐漸撥雲見日，掌握要領，形成自己的風格。

有此經驗後，覺得用心、投入、不斷練習和學習才是寫作的關鍵，不管是寫哪方面的文章，最重要的核心驅動力應是火焰般的興趣，能力如覺不足，可邊寫邊充實。於是決定鼓起勇氣，再把臉書當成另一磨劍的平台，開始了散文之旅。

其實我是喜歡看一些閒書的。小時家父服務的國營事業置有員工宿舍區，區內有一小型但對我是綽綽有餘的圖書室，內有雜誌、報紙、圖書，經常是我流連忘返的地方。圖書室管理員溫先生對我非常好，我小學畢業後就准許借書，幾乎過半的偵探間諜小說、文藝小說等都被我在

寒暑假期間看過；可是看得最多的還是武俠小說，有時甚至和長輩們搶奪最新一期的武俠雜誌，被家父知道後臭罵一頓。

至於國文課本，當時文言文所占比重甚高，老師皆要求全文背誦；即使是白話文，也都是經典作品，老師會挑選精彩片段要我們熟記。對於老師規定，我是百分百遵從，因此國文成績一向比數理化要好。至今我仍非常感念的是中學 6 年，即使高二開始就被分為自然（理工醫農）組，學校仍非常重視國文教學，奠定我最基本的中國文學根基。

到了大學，我才提筆勤加寫作，不過這裡的寫作是指寫信。剛上大一，首次離家出遠門，思家心切無處發洩，當時沒有手機，只好拚命寫信給家裡、同學、朋友。信越寫越長、越寫越勤，筆就越寫越順，最後寫到學校刊物上頭。現在回想，所謂寫作，重要的祕訣就是要「寫」要「作」，寫、作到後來成為享受那種文思泉湧、振筆直書、抒發情緒的快感。

流光緩緩，
迷了路又何妨

就業後，公務員生涯三十多年，公務倥傯，寫心情的筆就荒廢了下來，直到 5 年前撫天兄找我。在此要感謝的是中時和旺報不棄，提供版面讓我把寫作的筆感找回來。雖然時論重理，散文重情，畢竟還是要情、理相濟。

文章累積到一定數量後就想集結成冊，一方面留個紀念，另方面方便和好友們分享。收集在這冊子的文章除了〈愧疚的愛〉，都是有關我本身的故事。裡面喝咖啡的文章就有 3 篇，大概是多年喝咖啡，也親手煮過一陣子虹吸式咖啡，衍生出一些插曲。我喜歡把咖啡取名為調皮的騙子，它會讓我把晚上當成白天，精神抖擻，維持思緒不墜，代價是加倍燃燒我的心力和體力；就好像有一種果子叫神祕果，它會改變人的味覺，酸的檸檬汁喝到嘴裡都變甜了，引誘人不知不覺中喝了過多太酸傷胃的飲料。可是好的咖啡細細品來，多麼令人愛不釋手。

另外有關大陸之行的文章有 8 篇。去年跑了多趟大陸，參加各地不同主題論壇，考察多處經建設施，主要是希望多了解近幾年大陸的發展，尤其目前大陸正處於快速

轉型階段，經濟成長帶來政治、軍事、社會、文化等多元變革，勢必對台灣造成全方位衝擊，台灣不能視若無睹，無所作為。

至於本書內有〈愧疚的愛〉、〈以黑道之名〉、〈背鍋的眼淚〉、〈爛泥巴裡的希望〉等4篇文章嘗試以小說的方式呈現，主要是為涉及的幾位當事人考慮，同時在內容上可以有更大空間揮灑，故以不同手法做了必要的變裝，在此一併交代。

對於一本新書來說，我的文章僅是材料，感謝時報文化出版公司全力為我打造這個新產品；尤其是趙董事長政岷兄，初次見面二話不說，就替我這個沒散文經驗的無名小卒扛下出版風險。此外，不能不衷心感謝的是總監蘇清霖、主編王瑤君、執行企畫、美術編輯、美術設計等同仁，給了這本書如此迷人的書名、封面、編排等。身無長物，只能將此顆感恩的心在道謝之後，長存不忘。

最後，謹以本書獻給曾經教過我的國文老師、為我打下國文基礎的遙遠年代，以及那個小小的圖書室。

目錄

流光緩緩，
迷了路又何妨

歲月走過我，
也走過你

父與子

父親的愛是什麼？

是一面要兒子自己把淚水收起來，

一面把自己的淚水往肚裡吞。

父親的愛老是披著偽裝，

但是一旦有了缺口，

同樣會潰堤氾濫。

朋友邀我晚上到大直聚餐。

恰逢下班尖峰時刻，兄弟飯店捷運站擠滿了人。讓走了一班，勉強擠上第二班，就著車門，握住根柱子，總算有個立足之地。

旁邊博愛座有個空位，一位50歲左右的先生擠了過來，坐了下去。車行約莫一分鐘，這位先生大概發覺什麼，看了看我，站了起來，帶點不好意思對我說：「這是博

愛座。」比著手勢要讓給我，我和他笑了笑，動也沒動，兩人就這樣站著。

先生旁邊站著位年輕人，臉上長了幾顆青春痘，有點青澀，身前擺個大行李箱；先生的前面則是放了個大袋子，裡面裝著像樂高的組合作品，兩人應是一起的。我帶點好奇問說：「這是機器人？」

憨憨厚厚的臉立時浮出了笑容，好像碰上識貨的，他說：「這是我兒子的自動化作品，明天要帶他去參加大學入學考試。」

遇到有為的年輕人，難免習慣性的想鼓勵一番。於是我告訴他，走機電整合自動化是很有前途的方向，將來是智能時代，自動化則是智能的核心部分，希望他兒子能夠在硬體和軟體方面同時加強。

大概是碰觸到作父親的最感驕傲的一塊，他的話匣子當下大開，滔滔不絕地告訴我說，他們是從雲林上來，家裡還有一個小兒子，兄弟兩人感情非常好，功課都不用父母操心，平常課餘就是一起動手玩機電的東西，有時玩上

頭了，晚上覺都不睡，將來弟弟也要和哥哥走同樣的路。

此時，作兒子的靜靜站在一旁，時而露出仰慕的眼神，盯著父親眉飛色舞，聆聽父親的驕傲，似亦在享受因父親對他肯定而感受的驕傲。父子兩人分在弦的兩端，隔著距離，卻同時沉浸在感應的電流裡，這是多麼動人的畫面！

聽著聽著，不知不覺我眼前也跑出了當年父親陪我上交大的情景。

那是 46 年前了，考上交大後，要上新竹註冊。第一次出遠門，第一次搭火車，很多第一次。父親帶著我從台南出發，搭的是當時對號列車最低一級的對號快。

一路上父親告訴我如何驗票、看班車、找月台；上了車，告訴我，這是對號車，等下會有人來倒茶水。到了近午，教我買了便當，又告訴我火車便當的特色，完全把我當土包子看待，而我也真的是個土包子初出遠門。

由於車票難買，只買到台中，父親又教我如何補票，

然後在台中站把位子給讓了，父子兩人就在車廂最後一排座位的後方站著。

很年輕的時候，因為車禍，父親的腳受過傷，傷好後無法恢復到原來的狀況，不耐久站。從台中到新竹，大約一個半小時，對父親來說，站著應是有點辛苦，但只看到他一臉愉快，一路談笑風生，一改平日嚴肅對兒女的神情，不知是在享受兒子上大學的喜悅，抑或刻意在掩飾對兒子離家的不捨，在他不說話的片刻，可以感覺到，他的嘴角掛著微微的落寞。父親小時受日本教育，是個典型的大男人主義，不太善於對子女表達內心的情感，我們對他的感覺，都是嚴肅、嚴格的那一面。

到了學校，很快辦完註冊手續、搬進宿舍，把該做的事安置妥當後，父親看著我，遲疑了一陣，才對我說，本來要陪我過一夜，但是天色還早，決定還是回台南去。要我好好照顧自己的話半句也沒交代，卻告訴我，車票很貴，要我隔久一點才回家。

於是我送父親到宿舍門口，看著他的背影，一步步孤

單。首次把手中握住的風箏線放得那麼遠，父親肯定知道我將會有一段想家煎熬的過渡期，心中定有許多的不捨，但是，他並沒有回過頭來，任憑我心裡喊了千百次，只顧著漸去漸遠，也把孤獨留給了疼愛的兒子，讓他自己面對從未有過的無依和蒼茫，此時，我相信他的眼裡和我一樣都含著淚水……

車子快到大直劍潭站，我趕緊脫下帽子，向那位父親自我介紹，告訴他，以後如果孩子有什麼需要幫忙的，可以和我聯繫。

戴回帽子、下了車，迎上來的是滿天燦爛的星斗，心情忽然間感到晚風是多麼清爽。有這麼優秀的兒子，哪裡用得著別人的幫忙！

今日幼苗，明日棟樑

你用厚厚一本故事回眸那首未唱完的弦歌，

我用一枚書籤注記飛印在十八尖山的步履。

夢裡青澀，

終須換得容顏滄桑，

才能擎天柱地肩負江山。

· 十八尖山：新竹交大博愛路老校區在他腳下。

　　上大學之前，一方面各階段升學聯考的壓力很大，心力必須全放在功課上頭；另方面家裡食指浩繁，經濟拮据，因此既沒時間也沒能力買本心愛的閒書來看，唯獨一次碰到了意外驚喜。

　　高一的時候，學校英文教科書採用復興書局最新出版的課本。由於是初版，其中有多處手民之誤。到了學期末了，我把上課過程中所發現的錯誤整理後寄給書局。沒多

久，竟收到書局的謝函，以及其所出版的一套兩冊散文集，篇篇精彩，令人愛不釋手。此後這套書一路跟隨我到現在，已有近 50 年的時間。

上了新竹交通大學後，偶然間得知當時有一本風靡校園的暢銷書《未央歌》，是 1967 年商務印書館所出版。由於同學間偶爾會討論書中人物，很想立即買來看個究竟，但是限於手邊沒有閒錢，只好忍著口水。

升上大三的時候，兼了家教有點閒錢，終於下定決心用 5 天的伙食費買下第一本《未央歌》。就像飢餓很久後見到食物，從頭到尾一口氣讀了兩遍，深深被書中人物、故事所著迷。此後，我就把書放在枕頭旁，睡前隨意翻閱，讀上幾頁，因此大略來說，這本書我已讀了好幾遍。

《未央歌》之所以會讓我黏著，內容之外，細想原因應有幾個。從台南到新竹念書，在那時交通、通訊未如今日發達的年代，對我這個初出遠門的孩子來說，有如離鄉背井、孤單、想家，此等感受就像當年隻身遠赴昆明西南聯大的大孩子們，他們離家更遠，思家更苦。

其次，早年的新竹尚未有科學園區的設置，經濟活動並不多，晚上 7 點後若到市區，店家多已打烊關門，是個安靜的城市。樸拙的風城，山、水並不缺，但除了電影院、夜市，沒有什麼休閒遊樂場所，最大的享受就是看完電影後到城隍廟吃碗貢丸米粉，適合年輕人讀書、織夢。就在那期間，1971 年我國退出聯合國，隔年和日本斷交，國際局勢動盪不安，台灣政局陷於風雨飄搖。此情此景和抗戰期間，前往西南聯大的孩子們在亂世之中尚能弦歌不輟，獨享安樂田園，情境類似，產生相當共鳴。

　　十多年後，我轉到經濟部工業局服務，李達海先生時任經濟部長，他是西南聯大化工系畢業，和《未央歌》的作者鹿橋先生是大學同房，書裡別號「大宴」的宴取中說是作者依著李部長的原型寫的。一天，我奉命隨同李部長訪問竹北荷蘭飛利浦公司。途中，李部長對著陪同的飛利浦公司的老外天南地北、國內國際，無所不談，展現他的語言能力和淵博知識。我心想著：這真是當年愛花、愛小童的大宴嗎？

直到有一天，我沿著台北民生社區的巷子快步健走，見到兩旁排列整齊鬚長及地的榕樹把天空圍成了綠色隧道，突然想通了，原來經過歲月人生的洗鍊，大宴已從青澀脫胎換骨成為國家棟樑，我卻還停留在《未央歌》時代的印象。這不就應了書中最後所說的：學校裡英俊的人才隨處可見，歌吹弦誦，又是建國的搖籃。

● 2017 年《未央歌》在台出版 50 周年，應聯合報徵文，本文原刊於同年 2 月 9 日聯合報聯合副刊，經過改寫。

回家

風輕輕撥開葉子

讓月光溜了進來

好熟悉的味道

很遠，又很久前

鄉愁

在眼裡打轉

　　家，像座城堡，在這裡可以找到熟悉、依靠、溫暖、慰藉、歡樂。離家越遠、越久，就像走近宇宙黑洞，來自家的呼喚越難以掙脫，思念之苦如錐心蝕骨。

　　剛從台南到新竹上交大的時候，是平生第一次出遠門。每到黃昏，太陽快下山，陌生、孤獨、淒涼的感覺就會不知不覺襲捲而來，想家的心情波濤洶湧。就寢時，即便是家後院絲瓜棚上開滿的小黃花也會來和我糾葛一整個

晚上，讓我未能成眠。

以前常聽父親提起，他 13 歲小學畢業後就離家四處當學徒，待過中藥行、西藥店，極其辛苦。剛開始時，每見到夕陽西下，就一個人躲在沒人看到的角落偷偷地哭泣。那當下我並沒能有什麼感覺，到了此時才體會到想家的滋味是什麼。唯一的期望是連假趕快到來，可以回家一趟。

終於快到 928 教師節放假，迫不及待地寫了封信給父親，告訴他：我非常想家，希望可以回去一趟。父親很快回了信，信不長：他也很想念我，但是來回車票很貴，家裡沒錢，希望我能忍耐一下。

很快到了雙十國慶，假期更長，懷著期待又趕緊寫了信給父親，希望回去看看家裡。父親的信仍是很快回了來，同樣要我再忍耐。到了假期，同學北上、南下，幾乎全部跑光了，晚上時候整棟宿舍空空蕩蕩、一片漆黑，連平常守在大門口的黑狗都不見了。一樓只有兩間寢室透著昏暗的燈光，其中一間當然是我的。連續幾個晚上，孤獨、落寞、想家、怨懟，舔著我整夜的淚水。

時間總是會推進。再次盼到了 10 月 25 日台灣光復節即將來臨，且是連假幾天。離家快兩個月了，父親總算答應我可以回去台南。懷著顆雀躍的心，約了家住高雄讀隔壁清華大學的南一中同學，兩人搭上半夜的平快車，一路聊著站到台南。

　　我先下了車，正好迎著晨曦，熟悉的空氣讓我精神為之一振。雖一夜未眠且站了 3、4 小時，卻沒半點累的感覺。早餐也沒想吃，三步併兩步地趕到客運站搭車。回到家時，見到父親正準備出門上班去，我一陣激動，含著眼淚喊了一聲「爸！」。父親點了點頭，沒什麼表情的看了我一眼說：「嗯，回來啦。」隨即扭過頭去，轉身出了門，就在那瞬間，我瞧見了：父親臉上不只泛著淚水，扭頭甩出空中的，還有那說不出的歉疚和心酸。

　　或許就如海明威在《永別了，武器》（或譯《戰地春夢》）所寫的：「生活總是讓我們遍體鱗傷，但到後來，那些受傷的地方會變成我們最堅強的地方。」經歷過父親一再要我忍耐，想家卻不能回家的考驗，我終能熬過思家的痛

苦,此後再沒有在學期中回過家,甚至大學畢業後要去服役,也能自個兒拎著包包,瀟灑地前往受訓基地。

　　不久前和妹妹們談起這段往事,大妹說:「老爸就是這個樣子。」

　　早年家裡經濟能力差,大妹沒能上普通高中,高工畢業後就到桃園電子公司工作。她說:每次回家,父親都會和她說車票不便宜,沒說出口的意思是希望她不要那麼常回家、多存點錢;可是每次返家後要回桃園,父親都會蹬著腳踏車,慢慢踩著、陪著,到了客運站,看著她上了車、離去⋯⋯

流光緩緩,
迷了路又何妨

走入時空隧道

歲月走過我，想必也走過你，

否則，你的容顏怎會和我一樣蒼老。

只是，河裡的石頭用溪水清洗歲月，

我們用歲月拋光靈魂，

讓書冊

歷久彌新。

　　每次回台南，總有一股莫名的渴望在腦子裡竄動，催促我再到「金萬字」走一趟，那感覺，好似要去看一位老朋友，去重溫熟悉的回憶。

　　台南的生活步調和她的歷史一樣，靜靜的，悠悠的，很多建築、街道、商店，隨便一碰，都是上了年紀，算算，金萬字位於現址也半百了。

　　金萬字是家兩層樓舊書店，位在台南市中心的忠義路

上，右斜對面是列入古蹟的林百貨，左後方是更老的古蹟孔廟。雖然台南近幾年出現不少二手書店或舊書店，但是幾乎都不能和金萬字相比，她可是台南舊書店的大老，我則喜歡稱她是古書店，不只是年齡的關係，更是因為她有許多年代久遠的老書。

金萬字設立在 1953 年，經過兩次搬遷，1967 年才到了現址，當時門口放了隻八哥，常常自言自語：「郎客來坐！郎客來坐！」現在也還擺著一隻，未知是否原來的後代，但經營的主人則肯定是到了第二代。

發現金萬字剛好是她搬到現址的那年，那時我正讀台南一中一年級。發現金萬字，逛了一回，就被裡面的藏書所吸引，有如置身在歷史的藍海、古書香的花園，因此就在當周的周記著實把金萬字介紹了一番，沒想到引起教國文的班導師李祖康先生的興趣，要我告訴他地點在哪兒；更沒料到的是李老師竟等不及我告訴他，自己先跑去找到了書店。

李老師書教得很好，對學生很親切，很能和學生融成

一片。他是北京清華大學畢業，有時會和我們聊起他的老師朱自清先生，說師母經常陪著老師來上課，靜靜坐在教室後面專心聽講，下了課就陪同老師離開。可能是愛屋及烏，加上朱自清先生的〈背影〉、〈荷塘月色〉等文章都是當時台灣學子必讀的作品，深受大家的喜愛，因此每有機會到北京清華大學，我都會央求朋友帶我到荷塘走走，隔著水塘遙望朱自清先生的雕像，告訴李老師：我幫您回來看望朱老師了。

　　逛舊書店是不能帶著期待的，但往往會有意外之喜。讀大學時，回台南順便去了趟金萬字，在密密麻麻的書架上，讓我喜出望外的發現了一本夢寐以求的二手書《白雪青山》，那是我讀小學的時候，從頭到尾看過的第一部長篇小說，是墨人先生在《中華日報》副刊的連載，此後我就對那部小說產生了思念，沒想到竟然可以在此找到了單行本。

　　還有一次，應該是在2、3年前，我陪同日本「講談社」的社長野間先生到台南尋幽訪勝，逛完林百貨之後，

帶著他們步行到對面的金萬字開開眼界。講談社是日本出版界的老大，成立在 1901 年，是百年老店，近期甚夯的漫畫《進擊的巨人》就是該公司的成功之作。閒逛瀏覽之中，野間先生和其隨行突然發現一本數十年前他祖父時代其公司出版的有關經濟學的書，雖然老舊，但相當完整。付完帳後，一行人如獲至寶的步出書店，野間社長還邊走邊嘖嘖稱奇。

在舊書店除了可以享受到那種「眾裡尋他千百度，驀然回首，那人卻在，燈火闌珊處」的樂趣，走入金萬字就如同穿越時空隧道，來到了一條長長的胡同，兩旁住了成千上萬古今中外、形形色色的人物，門內可能是一部纏綿悱惻的故事、一座音樂殿堂、一處美術展廳、一段武林恩怨情仇、一堂精彩的專業講課、一冊世界風情……。如果你對主人或門內的景物有興趣，不用一手持酒、一手秉燭，可以直接推門而入，和主人促膝長談徹夜，有談不盡的話題、享不盡的知識饗宴。

家人說我之所以特別喜愛台南某些店家的美食、偏愛

地方上某些古蹟、巷道……等等，可能是因為我攙進了成長時候的記憶而有了偏見。其實，人怎麼可以沒有記憶？

無數星辰在穹蒼中看遍宇宙的古往今來，未曾留下一點一滴。

天上的雲、地上的水，來來去去，走過無盡輪迴，又何曾留下什麼？

樹將歲月寫進年輪，人把悲歡離合放入腦海，在年輪之間填滿豐富且多彩多姿的記憶；而記憶的海是情感的波動，有驚濤裂岸，讓你驚心動魄，也有波光瀲灩，任你流連忘返。無情的世界，因為有了記憶，才能成就有情的人世間。

金萬字不就是有情人世間的縮影！

孩子的聲音是母親留下的胎記

想著母親的時候，

總是看著雲，

不知

它會不會和我一樣，

下起雨來。

去年二舅過世，我和妹妹們一起回到母親出生的地方
──縣市合併之前的台南縣善化鎮什乃里，那是一個以前被
甘蔗田圍繞的小聚落。

告別式開始之前，來參加的親朋好友大多靜靜的，或
坐、或站，我則和妹妹選了一個角落等著，因為除了同輩
的親戚外，大部分來賓我們都不認識。

此時一位看似比我年長的男子直接朝我們走近。

「部長！好久不見了。我以前在經濟部國營事業服務，

是你阿嬤和你媽媽、舅舅小時候一起長大的朋友。」聽到是長輩，而且是母、舅們的髮小（小時玩伴），心裡一陣激動，緊握住他的手不放。

「我到過你以前的家欸！那時你剛出世，你阿嬤要我替她把滿月禮送到你家。我挑著滿月禮先搭台糖小火車，接著換台鐵大火車到台南，然後坐客運，又走了一段路才到你家。哈！你知道嗎？那時候我還抱過你呢！沒有多少人有這種福氣可以抱過部長欸。」

看到這位長輩興奮的神情，沒提半句路途遙遠，只顧著談我小時候，讓人既感激又感慨。滿月時抱過我一次，他可曾想過：此生要見第二次面須隔六十多年後。

我出生之時，父親服務於位在台南市甚是邊遠郊區的國營事業台碱公司安順廠，那兒正是三百多年前鄭成功登陸台灣的地方台南鹿耳門。既然是艦隊登陸的地方，當然就是偏處海邊，對外交通極其不方便，客運並沒直接到達，到終點站後還要走好長一段路。多虧這位長輩，當時應是個年輕小伙子，才能長途跋涉，從台南縣的鄉下挑著

重擔到我家。六十多年一晃，應了李白那句「浮生若夢，為歡幾何」，我竟然還能有緣再見到滿月時抱過我的長輩，豈不令人唏噓！

猶記得小時住在台南市老家時，牆壁上掛著大相框，其中一張是母親抱著胖嘟嘟的我和其他兩位媽媽各抱著小寶貝的合照，父親曾告訴我說，那是我參加嬰兒健康比賽得第三名的照片。

六十多年過去了，台碱公司早在國營事業民營化浪潮中被中石化公司併購關廠，宿舍區住的員工幾乎全都離散，但因安順廠區數十年的生產過程造成部分土地嚴重污染，目前正進行土地整治工程。派駐在廠區的負責人員除了推進工程，更非常用心的收集安順廠從日據時代至關廠期間有關的歷史資料，包括照片、文件、出版品等，甚至把整治區外的部分土地整理、美化得像座文創公園。

日前有機會和工業局老同事回到該廠區參訪，引導我們的負責人指著一則舊時報導說：「部長，這裡有一條有關令尊的新聞。」我挨近一看，竟是 1953 年公司刊物《碱氯

通訊》內的簡訊，公布員工未滿周歲嬰兒健康比賽的結果，前三名包括父親等三位家長的名字，也算是我非正式的出生證明。

面對那則報導，彷彿又看到照片裡在母親懷抱中的我，似冥冥中日夜等著我有朝一日前來相認。六十多年的分離，時間的一頭是青絲，另一頭是白雪，中間曾經隔過千山萬水，曾經經歷顛沛流離，在那一頁簡訊和當下的我之間，已都隨著流年化作片片記憶。

母親是在我讀小學三年級時過世，那時我才9歲。過世之前的一個傍晚，母親把院子裡曬乾剛收下的衣服在榻榻米上整理著，我靜靜陪著她，她也邊靜靜看著我，忽然間沒頭沒腦冒出一句話：「以後人家來了，不知會不會把你們苦毒（虐待）。」那時因年紀小，不知她在說什麼。其後，一天下午上課到一半，有人來學校找我回家，看到一群鄰居圍著已意識不清的母親，直要我拉著母親的手喊「媽媽」，此時的母親不斷呻吟著，只能偶而回應著我，似乎想說什麼。到了半夜，聽到父親的哭聲，才知母親走了。

不知是到了什麼時候，想起母親說過的那句話，才終於了解她的意思。原來母親知道自己得了不治之症，將不久於世，基於三個兒女仍小，那時我最小妹妹才 3 歲，加之父親身體有病，需人照顧，兩人商量後，父親決定將來再娶。雖然這是經兩人討論過，但是看著懵懵懂懂的稚子，沒有她照顧的漫漫未來不可知，自己即使是萬般不捨、放心不下，又能如何？

　　小學畢業時都會高唱的畢業歌〈青青校樹〉勉勵我們：「鵬程萬里，才高志大」、「男兒志在四方」。夢想總是告訴我們：家鄉小河裡游著的是小魚，泛著的是小水花，唱著的是小調；只有在大海，大魚翻滾，波瀾壯闊，快意的長風呼嘯在無邊天際。

　　於是，夢想領著我們去遠方、四處流浪，用數十年時間全力追尋一片空間，換取我們在人海中安身立命的一席之地。

　　中國人有個傳統觀念：葉落要歸根。但是人世間葉落未必能歸根，歸根未必沒有憾。

據說，孩子的聲音是母親留下的胎記，孩子生下後就與之分手的母親，一輩子都會記著孩子的聲音。多年後我回來了，家鄉已不是家鄉，我已不是我，但是母親的墳塋仍在不遠處，我好想再輕輕呼喚一聲：「媽媽！」不知母親可會聽到？

一場春風化雨，一世師生情緣

您用一隻大手，讓我

在迎向光明前進的時候

不用回首再回首

黑暗處有您守著，護著

守護著我，是您

這世的圓滿

前腳才到大陸，後腳就接到李師母沒來由的電話：「郭姐在問，你有沒什麼事？」

有沒什麼事？弄了半天，原來是我們小學校友們有一六十多個人的 Line 群組，每天早上我都會送個「早安」向大家問候。因為到了大陸，Line 不通，有學姐沒看到我每天的問安，就向李師母電話關心我的狀況。我心裡頓時一陣暖流湧上，同時也感覺慚愧，此等小事竟然還要勞師母

操心，趕緊回報平安。

小學，我是就讀父親服務的國營事業台碱公司所專屬的代用國小。從三年級到六年級李冠英先生都是我的級任老師，4 年朝夕相處，也是改變我這一生最重要的師長；而李師母則是小學的早期學姐，在我五年級的時候嫁給了李老師。

當時依學校的慣例，小學一、二年級是由同一位女老師擔任級任老師，三年級後就改換男老師。我二年級的暑假過完，新學期開始，老師卻沒出現，由教導主任代課，並且指定我暫代班長，說是要等新老師來了再重新指派。

過不久，聽得消息靈通同學說，新老師已經來到，是從別的學校轉來的，住在職員單身宿舍。好奇心慫恿下，吆喝了一些同學去一探究竟。因為隔著紗窗且有一段距離，加之中午陽光正狠，只能隱隱約約看到新老師在整理他的房間，但是這已足夠回去向其他同學吹擂一番。

新老師開始上課了，大概是所有同學都不認識，就叫我繼續擔任班長，還真以為我是品學兼優的模範生？沒想

到這一當就當了 4 年，更沒料到這是改變我一生的關鍵。一、二年級的時候，我的成績雖不算差，但也沒進入前五名；郊區的男孩比較愛玩、調皮，我當然不例外。胡裡胡塗當上班長後，在榮譽心的驅使下，開始注重形象，循規蹈矩、用功讀書，成績進步不少；畢業時，終獲保送上台南市最好的學校台南市中。

李老師給同學的感覺是嚴格、聰明、認真、充滿活力，小鬼頭們玩什麼把戲都逃不出他的法眼。他常說他背後長有眼睛，起初沒人相信他說的，當做開玩笑，可是每當老師在講台上背對著同學寫黑板時，台下講話或不專心的同學常會遭到粉筆的突襲，讓同學真以為老師有第三隻眼，其實老師是從兩旁玻璃窗的影像看到同學的一舉一動。

打從李老師到校上課第一天，就好似在為 4 年後的初中聯考作準備，每升上新的年級，課業的壓力和老師的要求就相對增加許多，挨打的頻率和每回被打的次數跟著增加，完全是恨鐵不成鋼的模樣。其實在那個 1960 年代，聯考至上，市區的明星學校為了拚較高錄取率何嘗不是補習

流光緩緩，
迷了路又何妨

補得厲害、打得也兇。

　　小學畢業後，和李老師見面的機會就少了，即使偶爾碰面，所談並不多。但是在他教我的 4 年期間，養成了我一些重要的習慣，影響至今，例如今天教過的課，今天一定要複習完畢。我把這些好的習慣帶上中學，讓課業可以保持名列前茅，不會因沒有老師在背後督促就怠惰鬆懈。上初中的第一學期我就拿了班上第一名回家，師母知道了還直向鄰居宣揚。因為一般都認為，郊區的孩子程度較差，保送上最好中學後，下場都不是很好。

　　準備大學聯考期間，為了安心讀書，向父親服務的工廠借了一間職員單身宿舍苦讀。放榜後，有天下午還在午睡，李老師突然來看我，殷殷問我考上的科系是什麼，將來的前途在哪裡，一方面要我好好加強英文能力，因為大學課本都是外文書，另方面要我有困難的時候讓他知道，鼓勵我要專心讀書。其實老師也是家境清寒出身，否則以他的聰明、苦讀，應不至於走上師範之途。送老師離開時，一直看著老師走過陰暗的走廊，我眼淚掉了下來。

及至上了交大當新鮮人，有門課的教授規定同學要備有工科學生應用的計算尺。一把計算尺的價錢大約新台幣600元，那時父親給我的生活費是每月500元，其中300元要交給學校伙食團，剩下的200元要應付各種生活雜支，600元是個大負擔。我原打算向學長借來使用，但是寫信給李老師時，談到此事，老師立即匯了1千元給我，告訴我，必要的工具應該自己具備，並且在信中提醒我要專心讀書、學期結束後去看他。這把計算尺我一生只在那門課考試的時候用過一次，迄今仍保存在身旁，看到它就如看到老師，憶起老師的種種。而此生，在我兼課、專職教書的生涯，始終非常小心，不去增加學生額外的金錢負擔，因為學生裡面不知有多少人是經濟有困難的。

大一上學期結束後，提了兩罐新竹花生醬回到台南，直接前去老師開設的羅來照相材料行，時已晚上9點多。老師要我陪他在暗房，一邊處理顧客送洗的底片，一邊和我聊天，那是多年來和老師相處最為溫馨的一次。暗房裡沒有外面的吵雜，大部分時間我都在聽老師講話，靜靜享

流光緩緩，
迷了路又何妨

受那份心靈的貼近。而藉著昏暗的黃光，看著雙手不停的老師，想到他白天還要教書，格外感覺老師一輩子好像都在辛苦。

　　研究所畢業後，進入政府機關服務，我就留在台北。除了回台南結婚，老師來參加我的喜宴外，和老師見面的次數更少了。在我任工業局長時，老師有次北上，利用機會，在工業局鄰近的餐館很難得和老師吃了頓午餐，談了許多，有些是他的創新想法，有些則是他對政府的抱怨，例如他想把店名改為照相機醫院，但是有關機關官員迂腐，認為醫院只能是醫人的，此種先進的思維未能被接受。老師就是如此，有用不盡的腦力和活力。分手時，老師仍是諄諄的要我注意身體。

　　擔任經濟部次長期間，為了奇美公司的投資案，特地下台南實地考察，臨時順道參訪了奇美博物館。在一處收藏攝影作品的區塊，見到幾幅老師的攝影作品，興奮地告訴陪同人員：「他是我的小學老師ㄟ」，心裡著實非常驕傲。老師開設照相材料行不只是為了多賺點錢，其實也是

打桌球之外另一項重要的興趣，我尚讀小學時他就抱著相機到處跑。此外，他還是台南美術研究會每年「南美展」實際跑腿工作的人員，即使生病之時仍為參展作品的出版奔走。

老師得了肝病，他告訴了我，我也幫忙尋覓良醫偏方，但皆無濟於病情。每次和老師通電話，反是他叮嚀我好好照顧身體，要去學太極拳、氣功之類。有天父親自高雄打電話給我，說老師想見我；我一肚子納悶，老師明知道我的電話，為何要父親轉告我？

趕到台南老師家，見到老師骨瘦如柴、精神憔悴，話很少。換我講話，他聽著我說、點頭、微笑，簡單應幾個字。師母說，之前幾天老師都意識不太清楚、不能說話，很巧的，我來了，老師的精神突然好了起來。

由於老師要到醫院看門診，我陪師母送他到了醫院。在師母忙著辦手續的時候，我雙手緊握著老師的手，看著老師，和他聊一些過往的事。坐在輪椅上的老師則是微笑著聽我講話，好似在欣賞這輩子他的得意作品。師母常告訴我，老師一直把我當成他的驕傲，經常和孩子們提起我

流光緩緩，
迷了路又何妨

的故事。那片刻讓我感覺師生如父子，手心的溫暖透著心連心的感動，滿得快溢出來。

　　旁邊一位老太太看到了，遲疑的問我說：「他是誰？」我說：「是我小學老師。」老太太露出難以置信的眼神，半晌才點頭說：「真好！真好！」

　　過了幾天，下午兩點半要到立法院開會。臨出辦公室，忽然心血來潮，撥了電話到老師家，是師母接的，卻告訴我，老師剛在中午往生。

　　難道，心靈真會有那份不捨的感應？

流光緩緩，
迷了路又何妨

〈輯二〉

穿越時空
的弦上

今生回眸，為來世重逢

佛說：前世五百次回眸，

才能換得今生一次擦肩而過。

今日得以在此千年古鎮低迴流連，

可是前世的回眸再回眸？

　　因著被邀參加世界物聯網大會，意外來到了著名的千年古鎮浙江烏鎮。據考證，烏鎮已有六千年歷史，建鎮也有一千三百多年。

　　由於大會舉辦的所有活動就在烏鎮景區之內，大會期間景區暫時關閉，停止對外開放，也因此前來參加的嘉賓完成報到手續後，就被關進了景區，安檢嚴格。大會活動排得相當緊湊，開幕式、全體會議、科技新成果發表、分論壇等，占滿白天的時間；晚上又有大會安排的歡迎晚宴、大型表演，前來參加者根本無暇看清楚這個古鎮長個什麼

樣，遑論好好一遊這美麗的景區。

第一天白天的活動結束後，本就不想參加應酬式的歡迎晚宴，晚餐在餐廳碰到兩位台灣友人，三人談好，一起搭船夜遊，享受古鎮晚上與白日不同的風情。

到了安渡坊碼頭，下了石階、登上烏篷船，坐定後船老大立即搖起了船櫓。前行不久，朋友邀船夫說，請您唱個歌吧！船老大卻回應：很抱歉，我不會唱歌呢。不禁想起，在蘇南錦溪古鎮同樣乘著烏篷船時，邊搖著木櫓的船孃們競相飆唱鄧麗君的歌曲和長久流傳下來的船歌，高亢的歌聲此起彼落，在河面的天空交錯，甚是熱鬧。

於是四人無語，河水默默，頂著攝氏 4、5 度的低溫，船夫慢慢搖著櫓槳，沿著西市河上游緩緩前進，船行過的波紋遲遲往外推散，燈光則在水波之中徐徐盪漾，此時靜得只聞得櫓槳斷續撩起的水聲。

兩岸臨河而建的房屋點著的燈光，並著河道兩旁牆壁上釘著的黃燈，在夜幕中綿延成為光的長廊，倒映河中，波光瀲灩，宛如數條金碧輝煌的蛟龍蜿蜒而去。有些燈光

打在水面，粼粼水波又把自個兒的身影回映到岸上屋子的牆壁，柳腰款擺的恣意飛舞，浮現雪峰禪師詩句「竹影掃階塵不動」的禪趣。作家木心是烏鎮人，他曾說：「寬容的夜色遮掩了河水的汙濁」，夜裡的光則給了河水璀璨。

江南的柳樹是柔柔的美女，岸邊迤邐的柳樹或許是舞盡了一日的嬌媚，蟻首低垂，烏雲掩面，落在水上的柳條，流水撫過也喚不醒她的沉睡。

河畔的店家，有些仍是高朋未散，有些已下了工的伙計就著靠河的方桌，擺上杯、酒，肩上尚掛著毛巾，邊飲邊打起牌來，完全是「日出而作、日入而息，帝力於我何有哉」的景象。長廊上的座椅稀稀落落坐著些許閒人，倚著美人靠看著風景，也讓風景看著他們。

夜空裡一輪圓月則帶著三分明亮七分朦朧，孤獨的望著古鎮，群星離她遠遠，浮雲來去匆匆，若是李白在此，可會躍進水中尋找她的芳蹤？

船近遊河終點，無意中回首來時路。古鎮，在夜的懷裡，美得出奇，美得讓人直想掉淚，這不就是一幅從夢裡

流光緩緩，
迷了路又何妨

走出來的世外桃源！質樸、恬靜、安詳、悠閒、與世無爭。生活在現代的人都感疲憊，每個人的一生為了爭榮辱太匆匆，忙得像一張紙，從左上角到右下角，塗得密密麻麻，沒有了自己，沒給自己留下空白，也不給別人留有餘地。到頭來，伸手想抓住些什麼，卻是一場虛空。

上了岸，信步沿著小巷而行。老屋、窄巷、廊坊、過街騎樓、石板路、小橋、流水等，都是江南古鎮的特色，不僅令人發思古之幽情；若是江南雨下的古鎮，如詩似畫，更是騷人墨客的寄情之所。過去曾造訪過幾個古鎮，皆是在白晝之時，遊客如織，摩肩擦踵、人聲鼎沸，難得自在。現今景區關閉，嘉賓多前去參加歡迎晚宴，只留少數工作人員點綴在空盪的街頭，此時安步走來，甚是悠哉。

街上的房子多半柴扉緊閉，開著店營業的，泰半和吃、喝有關。拐過街角，到了一座小橋。江南水系發達，小橋處處，烏鎮一地就有小橋七十餘座。據此地民俗，提燈走十橋可禳解避災去病。步上橋頂，望向對面另座拱橋，強光照得通明，三個半圓橋孔倒映水面，恰恰形成三

個光環；不遠處一艘小船從黑暗中緩慢行來，彷彿來自亙古，留下明暗擦肩而過的美麗。

各式各樣的小橋總是帶來不同的聯想和慨嘆，我則喜歡沈從文的一段文字。

沈從文在《致張兆和情書》中說：「在青山綠水之間，我想牽著你的手，走過這座橋，橋上是綠葉紅花，橋下是流水人家，橋的那頭是青絲，橋的這頭是白髮。」

立在橋的頂端，那頭是過去，這頭是現在，連結過去與現在的，不正是橋下的流水─無聲無息逝去的歲月。在歲月的奔馳中，街頭的故事結束了，巷尾的故事才開始；一代人走了，下一代人接起了棒子。無情流光中，存在有情的世界。古鎮，就這樣有了長遠的生命。

今夜，我在此留戀，回眸再三，守著日月的古鎮啊，來世我能否再回來探望你？

走一遍老殘走過的路

好久好久以前，

你只在我的歷史、地理、國文課本裡走過。

好久好久以後，

時間不能回頭，

卻命我回頭重走你走過的路。

走在穿越時空的弦上，

有來自浩瀚的顫抖，在心裡共振，

是否前世

今生的低迴？

去年 9 月，匆匆的，我來到濟南，擠在人群裡觀了名聞天下的趵突泉、黑虎泉、珍珠泉，匆匆就走了。

今年相同時候，我又來了，一顆心早已不安分，盼著能再走趟百年前老殘走過的足跡，與他一樣虛應一應故事。

和去年不同的是，此次棄車就舟，遊起號稱「一水連百景，融合山、城、泉、河、湖一體」的濟南老城的護城河。

　　護城河或稱環城河，也可稱濠，長 6.9 公里，水源來自城裡的泉水，水溫維持在攝氏 18 度，據說由於水溫及地質等因素，水裡水蛇不生、青蛙不叫。

　　濟南因為地形、地質結構特殊，造就湧泉、滲泉處處可見，如老殘所說「家家泉水」，故有「泉城」之稱。泉水匯聚為護城河後，進入大明湖，湖心有島，再入小清河而去。

　　船行悠哉，清風徐來。兩岸垂柳迤邐，高者達 15 米，相當 5 層樓高；千簾萬幕倒映河中，水道左右翠綠如茵，只餘中間僅容天光通過。

　　此時我心中忽然一動，想起一事，趕緊問導遊小姑娘：「為何《老殘遊記》說濟南是『戶戶垂楊』，明明到處是柳樹啊。」

　　姑娘說：「因為隋煬帝賜姓楊，所以柳樹也叫楊柳。」

流光緩緩，
迷了路又何妨

我緊追不放又問：「那也不能說是垂楊呀！楊樹枝條向上，柳條則是朝下，差別這麼明顯。會不會老殘把柳樹誤當成楊樹了？」小姑娘或許不知如何回答，也可能是不讓我打破砂鍋問到底，索性兩眼看著正前方，閉起嘴來了。

行沒多遠，即達趵突泉公園入口。此園建於 1956 年，除趵突泉外，內建有李清照紀念堂。趵突泉位於池水中央，三泉齊列。當地下水位高於 27 米，水即噴湧而出，最高之時可達 50 公分。泉後有觀瀾亭一座，取自「觀水有術，必觀其瀾」。有趣的是泉旁立有一石碑，上刻「趵突泉」，為明代山東巡撫胡纘宗所書，但是「突」頭上的一點不見了，有人將之列為中國八大錯字之一。

惟據導遊解說，那並不是錯字，而是另有典故。頭上那一點之所以不見了，說法有二，一是表示泉水噴湧源源不絕、沒有盡頭；另一說則是泉水勢強力大，把「突」字頭上的一點噴到大明湖裡去，因此大明湖門牌上的「明」就變成了「眀」而為「大眀湖」，此「眀」亦被歸為八大錯字之一。

其實錯字若能成為有趣的故事，亦添佳話一樁，何須計較？

由於護城河有處河段產生較大高低落差，因此進、出河道各建有類似巴拿馬運河的船閘以利船行。出了閘門，河道開始變闊，進入大明湖，視野豁然開朗。湖面水波款擺、荷葉翩翩、臥橋戲珠；岸邊柳條依依、亭台點點，好一幅世外桃源。千佛山位於鄰近，已因都市發展，多被建物阻擋，或因霧霾遮蔽，老殘所說「那千佛山的倒影映在水裡，顯得明明白白」，似已難見。

船行至湖中心歷下亭島。上了岸，或花、或木，扶疏參天。到了亭門前，終於一償宿願，親眼目睹門上對聯：「海右此亭古，濟南名士多」，也解了我多年懸念。以前曾幾次讀到不同版本：「歷下此亭古，濟南名士多」，始終不知何者為真。依據資料，古人在地理上以西為右，以東為左，山東位於大海的西邊，故稱海右。此對聯出自杜甫的《陪李北海宴歷下亭》，清代書法家何紹基所書。由於歷下亭擅美於杜甫詩句，自古以來即為名勝之一。進了門，迎

面的是歷下亭，亭上懸著清乾隆皇帝「歷下亭」匾額，亦算古蹟。

下了歷下亭島，回程又進入護城河。河道裡的水草忽左忽右舞動著手，似在歡迎我們回來。兩旁垂柳映著水面，不停梳髮顧影自憐，涼風卻像淘氣頑童，盡朝著柳樹胳肢窩搔個不停，惹得柳條只能東閃西躲，襯托出其蠻腰似水。白居易〈楊柳枝詞〉「一樹春風千萬枝，嫩於金色軟於絲」，高鼎〈村居〉「草長鶯飛二月天，拂堤楊柳醉春煙」，寫活了楊柳的嬌姿、柔態和風情萬種，古來贏得多少雅士的青睞。

此時初秋，獨不見柳絮飛揚。東晉謝安曾問：「大雪紛紛何所似？」其姪謝朗答：「撒鹽空中差可擬。」姪女謝道韞則說：「未若柳絮因風起。」獲謝安讚賞，此才女後來成為王羲之的兒媳。

柳絮也稱楊花，杜甫〈麗人行〉「楊花雪落覆白蘋，青鳥飛去銜紅巾。」亦將柳絮飄落形容為白雪紛飛，覆蓋整片浮萍。

其實柳絮空中飄零，無依無著，常被引喻為人生飄泊不定、離人眼中血淚。例如蘇軾〈水龍吟・次韻章質夫楊花詞〉「不恨此花飛盡，恨西園、落紅難綴。曉來雨過，遺蹤何在，一池萍碎。春色三分，二分塵土，一分流水。細看來，不是楊花，點點是離人淚。」

明年 4、5 月時，柳絮因風起，不知會否楊花滿天、雪落覆白蘋？

到了終點，也是原來出發的小碼頭。下了船，再回首兩岸垂柳。古時折柳送別，以表離情依依，因此折柳亦表離別，如李白〈春夜洛城聞笛〉「此夜曲中聞折柳，何人不起故園情。」、隋代無名氏〈送別〉「柳條折盡花飛盡，借問行人歸不歸。」

此時柳條嬉戲依舊，無視我的即將離去。而此去，可能如老殘，是我最後一次到此一遊。既然無人為我送別，就讓我自己折柳揮別這「泉城」、「柳濠」吧！

來不及回盪的鐘擺

不會有過不去的今天，

沒有到不了的明天。

鐘擺終會回頭，

是因它走過了頭。

剛結束淮安市舉辦的台商論壇，立即趕往山東濰坊市參加魯台會。

又是一場投資、尋找商機的盛會，參加的眾多台商來自台灣和大陸各地。看到台商離鄉背井，四處奔波，特別是在兩岸官方關係中斷的情形下，宛如流落在外頭無依的棄兒，內心百感交集。

三百多年前，我們在大陸東南沿海的先人因為當地生計難覓，冒險渡過台灣海峽的黑水溝。由於水流強勁、海象惡劣，十去六死三留一回頭，一句俗語說：「唐山過台

灣，心肝結歸丸」。

數十年前，大陸經濟破敗在閉關自守，台灣創造經濟奇蹟在自由化、國際化；近 20 年來，大陸經濟在改革、開放中崛起，台灣則在投資環境惡化、自絕於全球最大市場中老化、空洞化。

今天鐘擺反盪，換成台商如潮水般飛越黑水溝，前往他鄉打拚，能不令人慨嘆？

2001 年 2 月大年剛過，帶著緊張的心情第一次登上大陸的土地。幾天後從大雪紛飛的北京到了第二站春寒料峭的上海，熙來攘往的人潮取代了狂妄冷漠的風雪，天安門的寒瑟肅殺換成黃浦江的水暖鳥翔，天空忽然間充滿了蓬勃的生氣。

緊湊的參訪行程中，一日下午離晚宴空出兩個小時，企業界的朋友應我請求，安排了他的祕書嚮導我們散步黃浦江畔。

從上游往下游走，右邊是船進船出的江水，再過去就是快速竄升的浦東；左邊則是數十年未改容顏的海關大樓

流光緩緩，
迷了路又何妨

大笨鐘。優游漫步著，迎面來的是數十年前讀過的歷史、地理，耳邊呼嘯而過的是歲月流年，雖是初見，放眼望去，景物是多麼熟悉。

陪同我們的祕書小姐相當年輕，大學中文系畢業不久，雖說是請她當我們的導遊，卻是我們說的多，她講的少，一路上都在聽我們這些前輩或長輩臭蓋當年我們讀書時候課本是如何介紹上海的身家背景。藉著照片，我們小時候就認識大笨鐘、四行倉庫、十里洋場、徐匯……等等；現在談起這些，好似在閒聊一位老朋友的過去。

由於知道她本科是中文系，於是我開始和她討論唐詩、宋詞、明清小說、論語、孟子、出師表、赤壁、岳陽樓記等。令我驚訝的是，在某些領域她的所學並沒能超越我甚遠，而我所學的，只不過是一個台灣工科大學生在初中（國中）、高中計6年國文課本和中國文化基本教材的內容。

在台灣，生長於聯考的年代，小學升初中、初中升高中、高中升大學，關關都要聯考。尤其高中考大學的錄取率特別低，競爭壓力大，根本沒時間去看課外讀物，全部

的國文實力就靠 6 年 12 本國文課本和文化基本教材堆砌，能背的就背，背起來就是自己的，不臭、不爛。因此我常說，我的國文頂多只有高中程度，沒料到，和這位中文系畢業的高材生在部分領域竟能不遑多讓。

進一步和這位業餘導遊討論後，得到的初步結論應是她在大陸文化大革命（1966 至 1976 年）剛結束後出生，傳統文化和道德在文革過程遭長期嚴重破壞，所謂的中文系在師資、教材等方面還未能恢復到原來的水準，新一代學子的文化素養仍不能和上一代相比。

但是十多年來，大陸逐漸加大重視傳統文化的力道，年輕人古文學底子已是今非昔比。今年 5 月前往貴陽參加數博會，晚上觀看東方衛視《詩書中華》節目，家庭成員組成隊伍參與詩書競賽，竟然有家長帶著 5 歲孩童上場，孩子雖不識字，卻已有近 50 首詩詞的存量。家長表示，最主要的目的是要把精神財富傳承下去。真是佩服，這是多麼有深度的思想！

中華文化是數千年的歷史沉積，古文詩詞承載了豐富

流光緩緩，
迷了路又何妨

的文化、文學、語文、思想……等等，對我而言，它更是修身齊家治國平天下的大道。

早年讀到諸葛亮的〈隆中對〉：「曹操……已擁百萬之眾，挾天子以令諸侯，此誠不可與爭鋒。」、「孫權……國險而民附，賢能為之用，此可以為援而不可圖也。」、「若跨有荊、益，保其巖阻，西和諸戎，南撫夷、越，外結好孫權，內修政理；天下有變，則命一上將將荊州之軍以向宛、洛，將軍身率益州之眾出於秦川，百姓孰敢不簞食壺漿以迎將軍者乎？」27 歲的孔明未出茅廬，已能審時度勢、料遠謀近，話天下三分的大戰略，今日的執政者誰能有此大器？

很多人一談到文言文，總認為它是一種死的文體，學生最怕、最頭疼的就是碰到古文詩詞歌賦等文章，老師通常會要求全部或大部背誦。但是，不經一番寒澈骨，焉得梅花撲鼻香。學問，不下苦功夫怎能有所得？

事實上從先秦至明、清，文言文的文體已經經過持續演變，展現出它的婀娜多姿，在詞類及詞序上，有比白話

更多活用的語法，讓文筆擁有更寬廣的自由度揮灑出文章之美。例如文言文裡經常把名詞作動詞用，王安石〈泊船瓜洲〉詩中「春風又綠江南岸，明月何時照我還」，一個「綠」字把春風吹拂下的綠意盎然完全活了起來，顯現出對詩的字句鍛鍊的工夫。

一次和女兒談到現代詩和文言文，她就說：有文言文的底子，將文言文融和進去，現代詩才可以寫得更好。現代詩講求意與象、情與景、虛與實的比喻、聯想、尋詞覓字等，不是都可以在古詩詞中找到足跡？

2010 年 7 月，趁著訪問日本的機會，特地抽空去探視奧林巴斯（Olympus）老會長下山先生。在不算寬廣，但是非常潔淨、素雅的客廳中，除了我們幾位訪客，還有老會長、會長夫人、老人家的兩位孫子女，歡笑聲輕揚在斜照入屋的陽光。

此時，牆上一幅對聯忽然緊緊吸引住我：「潮平兩岸闊，風正一帆順」，取自唐朝王灣〈次北固山下〉的詩，但把「一帆懸」做了「一帆順」的調整，雖可作為海峽兩岸

情勢最好的寫照，但是更令我感慨的是：日本從來沒有因那是外來的文化而加以排斥，反而保存了中華文化最寶貴的精髓作為修身淑世的準繩。

回顧過去短短數十年的時間，大陸在毀滅傳統文化時，台灣在復興中華文化；如今大陸在重振中華文化，台灣卻在去掉傳統核心文化。大陸在搞大躍進、大革命時，台灣在創造經濟奇蹟；現今大陸以「一帶一路」引領世界經濟，台灣經濟則是在違背經濟運行道理中走向衰敗。

鐘擺不停在擺動，時間穿梭其間。歷史告訴我們，倒行逆施往往是由盛而衰的轉折點，忍無可忍是由衰反盪的怒火。

有人說，要毀掉一個社會，先滅其歷史和文化，讓人民不知他是誰。正如很多新一代的香港人已經不知道什麼是鴉片戰爭、台灣有些人忘了祖先是從哪裡來。

台灣會否在鐘擺尚未來得及回擺前，已在歷史、國文課綱的去中國化，以及經濟老邁下行中，灰飛煙滅成為世界的歷史？

風過酒鄉醉一場

今夜有酒，喝的

是一種熱度，點燃情緒

把你丟進去

燃燒，發爐喲

思念乘著氤氳，夜空裡

一股香氣，含笑走進

心頭，醉了

· 含笑：也是花名，白天陽光讓她夜裡更芬芳。

是誰說：瀘州人好酒好客？

「風過瀘州帶酒香，人經江陽（瀘州古名）醉一場。」

傍晚，我終於來到早已張開雙臂、號稱酒城的瀘州。

酒未醉，人先醉，醉在酒城人的好客。主人說：來

了，就乾杯吧！乾了一杯，再來一杯。不然，你來瀘州做

流光緩緩，
迷了路又何妨

啥？

於是，賓主杯觥交錯、酒酣耳熱，溫度節節攀升，距離在不知不覺中拉近。

不知何時我到了窗前，望著窗外夜幕低垂，面前的長江靜靜流著，點著昏黃燈光的船隻默默來去。江面水氣彌漫，一衣帶水，兩岸彼此互望，近在咫尺，卻罩朦朧。今夜，我心迷離，好想醉在長江的懷裡。

到了瀘州，沒嚐瀘州老窖，等於白來；喝了瀘州老窖，未訪自稱中國第一窖的瀘州老窖，會是另一個遺憾。

瀘州老窖可以是指四川瀘州本地出產的大麴酒的通稱，為中國濃香型白酒的代表（貴州茅台屬於醬香型）；也可以是指瀘州當地釀酒的酒窖，據統計，瀘州老窖窖池群有一千多口，歲數多在百年以上，其中瀘州老窖公司擁有連續使用達四百多年的老窖池，該等窖池建於明萬曆元年（1573 年），故稱國窖 1573。

到了中國第一窖，下了車，就是一陣酒糟味迎面撲鼻。要進酒窖，先觀龍泉井，井水無色透明、清澈甘甜、

呈弱酸性，含對人體有益的礦物質，適合酒糟的發酵，也是國窖 1573 酒的取用水源，平時以一頂類似清朝斗笠官帽的蓋子覆蓋著井口。

進入窖池，終於親眼一睹酒窖的真面目。原來瀘州老窖的生產大體上包括釀造、蒸餾、勾兌、儲藏等主要步驟。釀造是第一步，亦是最關鍵的一步，其製程是先挖個方形的土坑為窖，內側周圍塗上一層窖泥，把釀酒糧穀原料放進，然後用泥封存頂部，以泥窖為發酵容器發酵 60 天；窖泥中藏有各種微生物，是發酵的精靈，微生物的種類、多寡，在在影響酒的風味。發酵後取出蒸餾，就成白酒。此種工藝生產的白酒酒體醇厚豐滿、綿柔甘冽、清澈透明、香氣典雅。據說中國白酒發展至今有 12 種香型。

中國自古是個酒的社會。〈詩經·大雅·既醉〉：「既醉以酒，既飽以德。君子萬年，介爾景福。」神都醉了，人焉能不醉？

因此文人雅士個個喝酒，竹林七賢喝，飲中八仙喝。李白〈將進酒〉說：「古來聖賢皆寂寞，唯有飲者留其

名」。要留其名就要喝酒，要喝就要大醉一場，於是白天喝、晚上也喝；開懷時喝、愁苦時也喝。

李白「斗酒詩百篇」，杜甫「白日放歌須縱酒」，蘇軾「把酒問青天」，辛棄疾「昨夜松邊醉倒」，李清照「東籬把酒黃昏後」，晏殊「一曲新詞酒一杯」，張先「午醉醒來愁未醒」，范仲淹「愁腸已斷無由醉」、「酒入愁腸化作相思淚」，杜牧「落魄江湖載酒行，楚腰纖細掌中輕」，周邦彥「并刀如水，吳鹽勝雪」，頓時詩、酒、詞、醉、青樓等你來我往，已分不清誰是誰。

騷人墨客藉酒飆詩，讓人誤以為無酒不成詩，只要有酒相伴，詩就可以如隔空抓藥、信手拈來，完全忽略了：完成一首詩其背後所要累積的文學底蘊。從「吟安一個字，撚斷數莖鬚」，到行雲流水，渾然天成，中間要經過多少的嘔心瀝血。

曾有報導，法國羅浮宮舉辦過展覽〈拉斐爾的最後晚年〉，除了展示拉斐爾的不朽作品外，也展出了他的草稿，讓世人了解，即便是天才，也和平常人一樣，作品完成的

過程要先擬定構圖、進行習作。唐朝詩人賈島〈題李凝幽居〉：僧「敲」或僧「推」月下門的琢磨，說明了詩的創作是需要經過反覆咀嚼的過程，正如釀出具有特殊風味的瓊漿玉液其製程須經百年以上的千錘百煉，製酒工藝才能成為一門藝術。

有趣的是，據說中國釀酒技術到了元朝才漸成熟，唐、宋年間還是傳統壓榨釀酒法，以穀物、水果等為原料，經過自然發酵後只壓榨不蒸餾，其酒精濃度在 20% 以下，甚少超過 15%。有研究者指稱，李白等所喝的酒只相當於今日的啤酒，與現今酒精含量動輒 50% 以上的白酒相比，可謂瞠乎其後。不知李白若生在今世，是否仍可斗酒不醉？

酒精濃度大大提高，有人就發明了飲者八德：獨酌、淺酌、雅酌、豪飲、狂飲、驢飲、痛飲、暢飲。慢酌之時，輕啜一口，讓酒液緩緩滑過舌面，暫留口腔；另從鼻孔深深吸進一把空氣與之混合，以舌攪拌，天地精華盡收於舌尖，而後乘勢順喉而下，立時熱流挾著香氣，一股上

流光緩緩，
迷了路又何妨

衝腦門，另一股下衝丹田，百竅全開，情緒全部解放，思潮穿越雲霄，遨遊穹蒼，酣暢淋漓。

李白說：光陰者，百代之過客也。酒，則在光陰中越釀越醇。是詩在酒中作，抑或酒在詩中燃燒？

坐在天下第一窖產品展示廳的椅子上，環顧空曠的大廳，跨越千百年時空，留其名的飲者已遠去，周邊美酒琳瑯，究為誰留？

寧以家國不幸換詩家幸？

把花開在最痛苦的地方，

將光點亮最黑暗之處，

讓生命重生在死亡邊緣。

然後，你會含著笑說：

輪迴未必要等到來生。

十年磨一劍，要用什麼東西來磨？

民間傳說，干將為王鑄劍，遇到瓶頸，其妻莫邪躍入煉爐，以血肉鑄劍，乃成「干將」、「莫邪」兩把千古名劍。

如果成就一位偉大文學家、音樂家、藝術家要用家、國或個人的不幸來換取，有誰願意付出這樣的代價？

站在李清照紀念堂前，我跌進了問號。

王國維《人間詞話》說：「詞至後主，而眼界始大，感慨遂深，遂變伶工之詞，而為士大夫之詞。」眼界指的是意

境格局，感慨則說的是能激盪人心，撼動靈魂。

南唐李後主（李煜）在亡國前，因宮中生活奢靡享樂，其詞多帶花間派色彩，如〈一斛珠〉之「一曲清歌，暫引櫻桃破」、「繡床斜憑嬌無那，爛嚼紅茸，笑向檀郎唾」，〈菩薩蠻〉的「畫堂南畔見，一向偎人顫。奴為出來難，教君恣意憐。」等，寫的是與大、小周后之間旖旎風流等男女情事。

亡國後，境遇驟變，後主詞格就急轉直下，悲壯淒涼，意境深邃，一首〈虞美人〉：

春花秋月何時了，往事知多少？
小樓昨夜又東風，故國不堪回首月明中。

雕欄玉砌應猶在，只是朱顏改。
問君能有幾多愁？恰似一江春水向東流。

道出亡國之君無奈的悔恨與傷痛，悵恨深沉、慨嘆無

限，情真意摯直接觸及淚水耗盡的絕望，成為曠世名作。

清趙翼《題元遺山集》說：「國家不幸詩家幸，話到滄桑語始工」，為創作者因遭逢國亂家變，在環境越困窘下，越激發出抒發胸中塊壘的才能，因此達到成就的頂峰，做了最好的總結。李後主如是，李清照（易安居士）亦如是。

李清照是知名詞家，和李白、李後主並稱「詞中三李」，一首〈聲聲慢〉以其高度的藝術獨創性成為經典名作，特別是開頭「尋尋覓覓，冷冷清清，淒淒慘慘戚戚。」連上 7 個疊字，跌宕險奇、膾炙人口、歷久彌新。

由於出生在濟南，趵突泉公園內乃建有李清照紀念堂，占地約 4 千平方米。大門上有郭沫若手書「李清照紀念堂」匾額；入了門，並有郭沫若所題對聯「一代詞人，千古傳頌」。

堂內置有各色擺設，介紹李清照一生不同階段的生活，例如幼時教育、流寓江南等。特別引我注目的是一張「李清照行蹤圖」，圖上標示易安一生所走路徑，忽南又北、時西轉東，犬牙交錯，刻畫渠一生顛沛流離、如萍漂

泊。每次想到易安居士，我腦海裡就會浮現杜甫的〈兵車行〉：「車轔轔，馬蕭蕭，行人弓箭各在腰。耶娘妻子走相送，塵埃不見咸陽橋。牽衣頓足攔道哭，哭聲直上干雲霄。」這不就是她在宋朝南渡之後兵荒馬亂、四處奔逃的寫照？

易安居士的一生大體上可分為南渡前、後兩個時期。前階段與太學生趙明誠婚姻生活美滿，但婚後第二年其父就因新、舊黨爭而被列入元祐黨籍（舊黨），皇上曾下詔禁止元祐黨人子弟在汴京（河南開封）居住，易安的遭遇就隨著黨禍的鬆緊擺盪，忽兒歸返原籍，恩愛夫妻硬生生被拆散，忽兒又得重回汴京。此時，其作品多屬閨閣情懷及對丈夫出遊的思念。

例如〈一剪梅〉「花自飄零水自流。一種相思，兩處閒愁。此情無計可消除。才下眉頭，卻上心頭。」寫出新婚不久，居青州的易安對丈夫遠遊汴京的不捨、幽怨和對婚姻的擔心，真情告白、透澈無比。此外，〈醉花陰〉「東籬把酒黃昏後，有暗香盈袖。莫道不消魂，簾捲西風，人比黃

花瘦。」娓娓道出易安的寂寞、思念和自憐。

　　至 1127 年金兵攻陷青州，李清照隨同丈夫南渡；隔年抵江寧（南京），生活陷入困頓。又隔年，趙明誠不幸卒於建康（江寧府改建康府），易安頓失依靠；同年金兵大舉南下，屋漏又遭連夜雨，她不得不再隨朝廷四處逃難，1133年始居臨安（杭州）。隔年宋金之戰再起，易安只得避亂金華，直至 1142 年光復後才又回臨安定居。

　　從行蹤圖可以看出李清照南渡後的 15 年幾乎都是在顛沛流離、惶惶不可終日中度過；定居臨安的後 13 年則處孤苦困厄、悲戚幽怨。逃難途中，與丈夫多年辛苦收集的珍貴金石古卷漸次流失，甚至被盜一空。丈夫去世後 3 年，傳說易安改嫁張汝舟，旋即悲劇離婚，並差點入獄。歷經一波又一波苦難，其詩詞乃轉為悽愴沉鬱。南渡時，一首〈夏日絕句〉「生當做人傑，死亦為鬼雄。至今思項羽，不肯過江東。」諷刺南宋當權者苟且偷生的醜態，愛國情操震撼人心，但也得罪不少人。

　　南渡流落異鄉，家園歸不得，一首〈菩薩蠻〉「故鄉何

處是？忘了除非醉。沈水臥時燒，香消酒未消。」道出她思鄉之重。

因為生活艱困，〈永遇樂〉「中州盛日，閨門多暇，記得偏重三五（指上元節）。鋪翠冠兒，撚金雪柳，簇帶爭濟楚。如今憔悴，風鬟霜鬢，怕見夜間出去。不如向、簾兒底下，聽人笑語。」對比南渡前後日子，讓她慨嘆往日生活不再，溢滿故國之思。

此外，面對家國破碎、喪夫寥落，〈憶秦娥〉「梧桐落，又還秋色，又還寂寞。」、〈武陵春〉「風住塵香花已盡，日晚倦梳頭。物是人非事事休，欲語淚先流。聞說雙溪春尚好，也擬泛輕舟。只恐雙溪舴艋舟，載不動、許多愁。」訴說她至極愁苦、意興闌珊的情緒交織。

至於〈聲聲慢〉：

尋尋覓覓，冷冷清清，淒淒慘慘戚戚。乍暖還寒時候，最難將息。三杯兩盞淡酒，怎敵他、晚來風急。雁過也，正傷心，卻是舊時相識。

滿地黃花堆積，憔悴損，如今有誰堪摘？守著窗兒，獨自怎生得黑。梧桐更兼細雨，到黃昏，點點滴滴。這次第，怎一個、愁字了得。

字字無奈，總結了她孑然一身、離索孤獨、他鄉飄零、晚景淒涼的境遇和情緒。

顧城的小說《英兒》裡說：「命運不是風，來回吹。命運是大地，走到哪你都在命運中。」

命運之手時時插手李後主、李易安的人生，無論往哪裡躲，都無法逃出命運的泥淖。命運加給他們的磨難化為心頭密密麻麻的傷痕，無奈之下，他們只能將過去記憶、當下際遇和種種情緒寄託詩歌詞作，撥動人心最深處的靈魂，終成一代大家。

但是，命運的手為何老是要拿家、國或個人的不幸來磨鑄那把令人讚嘆的寶劍？

唯其至情至性，乃能大慈大悲

泣血黃花的故事遠了，

拋頭顱、灑熱血的人被淡忘了。

地藏菩薩偈語：

眾生度盡方證菩提，地獄未空誓不成佛。

在享受別人的大愛之餘，

想想：我是否值得別人為我作這樣的犧牲？

有人說，到了河南，沒到嵩山少林寺，等於未到河南。

既然到了鄭州，少林寺就沒有不去的理由。

於是懷著顆雀躍的心，來到號稱「天下第一名剎」少林寺景區的大門。極目四望，群山環抱、林木翁鬱，果然氣勢非凡。

少林寺最早建於北魏時期（495 年），距今已有一千五百餘年的歷史；因位於登封少室山下茂密叢林中，故以得

名。建築群分為常住院、塔林和初祖庵、達摩洞等三大部分；其中，塔林是歷代方丈高僧安息的墓塔。惟近代歷經戰亂，寺中建築多遭毀壞後重建。

例如 1928 年馮玉祥部下石友三縱火焚燒法堂、天王殿、大雄寶殿、鐘鼓樓、珍貴文物、5480 卷藏經等。到了文化大革命，僧人被逼還俗，佛像被毀、寺產被占，古寺再歷劫難，僅剩古代練武場、塔林、部分石刻、林樹等保留下來。尤其山門一棵銀杏樹據稱已有一千五百年歷史，另一棵雌雄同株也有一千一百多歲高齡。

進了山門，循中軸線天王殿、大雄寶殿、藏經閣、方丈院而上，到了立雪亭前，其後尚有千佛殿。

起先懷疑此立雪亭和「程門立雪」有關。宋代楊時和游酢結伴前往程府拜見理學大師程頤，正遇老先生閉目養神。時天降大雪，兩人站在門外等了半天，程頤終於睜開眼睛，積雪已盈尺。後人乃以「程門立雪」形容弟子尊敬老師，恭謹受教的誠摯。

不料陪伴導遊不待我們開口就說，此立雪亭和程門立

流光緩緩，迷了路又何妨

雪無關，指的是禪宗二祖慧可斷臂求法的故事。原來禪宗初祖菩提達摩在少林寺面壁修行時，有神光和尚前來求見，請求開示無上禪理，當下未獲應允。據導遊說法，達摩祖師說：「除非天降紅雪。」

神光久立雪中，天空下來的雪是白的，地上的雪也一片皎潔，達摩此說，無異要渠斷念。惟此時神光已有領悟，取出身上利刃，自斷左臂，血灑地上，皚皚白雪立時成為紅雪斑斑。達摩見狀，知其深具慧根，乃允其所願，並更名為慧可，嗣後成為禪宗二祖，此為立雪亭由來。

但是根據相關文獻記載，達摩祖師是說：「諸佛至高無上妙理，廣大精深，須累劫精進勤苦修行磨練，行常人所不能行，忍常人所不能忍，方能契達諸佛無上妙道。豈是以小德小智，輕易散漫之心，就能了達甚深教法？」神光聽了教誨，便取出利刃，砍斷左臂，以表求法堅毅之心。達摩祖師於是說：「諸佛如來最初求道，為法忘軀，你今日斷臂，必可如你所願，契得無上妙道。」

禪宗不立文字，直指人心，以開悟見性、見性成佛為

修行之道。天降紅雪之說，重點在彰顯慧可二祖的悟性與慧根，文獻記載則強調其虔誠與決心，二者雖然看似目的不同、旨趣有異，其理和佛即心、心即佛並無二致，其實就是一體的兩面。但是：

展示決心是否一定要用如此激烈的手段？

表示「知了（悟知了）」，只有毀壞身軀一個途徑嗎？

為何不能留下有用之身為求法、弘法作更大的使用？

圓滿，難道不是智慧要追求的境界？

念及此，就想到弘一大師李叔同。大學時候初讀到大師的生平，對於他 39 歲在杭州虎跑寺出家時，對待其日本夫人所表現的絕情頗為不解。

李叔同是清末、民初一代才子，集詩、詞、書、畫、金石、音樂、戲劇等天賦於一身。1905 年李叔同東渡日本留學，1910 年攜第二任日本妻子回國，1918 年突至虎跑寺剃度出家，法號弘一。其日本夫人在寺門外苦苦哀求回

頭，出家的李叔同不為所動，寺門都沒讓妻子跨進。他的妻子只能對著緊閉的大門悲問：「慈悲對人，為何獨傷我？」嗣後，弘一大師應妻子要求一見，妻問：「什麼是愛？」答曰：「愛，就是慈悲。」

讀到這段，我心裡一陣疑惑：「出家是為慈悲，也是為求圓滿，為何大師不能把這段姻緣處理到圓滿後才皈依佛門？」

其後，慢慢接觸到更多有關弘一大師行止的故事，知渠出家後弘律護法，不受供養、不當住持、不開大座，一納一缽苦行四方；一領納衣補釘達 224 處，襤褸不堪。居上虞白馬湖「晚晴山房」時，摯友夏丏尊見其納衣、蓆子、毛巾等破舊無法使用，要為他更新，皆不可。我終於領悟大師普渡眾生出苦海、取大義捨小仁的苦心孤詣，其所表現的斷情絕念和慧可的一意執念，不就是同一件事！

今年 6 月廣州行，前往黃花崗公園，面對黃花崗七十二烈士之墓默哀時，腦海裡盡是林覺民〈與妻訣別書〉：

「吾充吾愛汝之心，助天下人愛其所愛，所以敢先汝而死，不顧汝也。汝體吾此心，於啼泣之餘，亦以天下人為念，當亦樂犧牲吾身與汝身之福利，為天下人謀永福也。」、「汝幸而偶我，又何不幸而生今日之中國；吾幸而得汝，又何不幸而生今日之中國？卒不能獨善其身！」

生固何歡，死亦何懼。但死者何辜、生者何堪？一字一血淚，令人不忍卒讀。

我死則國生，我生則國死；慈悲之至極，不就是捨身取義！

日升不是為了日落，花開不是為了花謝。生命猶如過客，肉體僅是軀殼。可是螻蟻尚且偷生，眾生更難捨難放。唯其至情至性，乃能大慈大悲，所以能行常人所不能行，忍常人所不能忍，為大愛而成仁取義。

行筆至此，不知為何，此刻耳邊竟然浮現高中時學唱的李叔同詞曲的〈悲秋〉：

流光緩緩，
迷了路又何妨

西風乍起黃葉飄，

日夕疏林杪。

花事匆匆，夢影迢迢，

零落憑誰吊。

鏡裡朱顏，愁邊白髮，

光陰催人老。

縱有千金，縱有千金，

千金難買年少。

驚起卻回頭

世界給的機會，

像是你捧在手心滿滿的水，

到了嘴邊，卻

已從指縫間漏得點滴不剩。

我的心一直揪著你，

但是找不到世上的語言告訴你……

　　結束江蘇淮安台商論壇的主題演講和嘉賓對談，午餐後立即驅車前往位於無錫的蘇南碩放機場。

　　一路上駕車的師傅不發一語，專心開著快車，我則時時注視著車子的時速表，深怕他把那表當參考用；幸好高速路上不僅車多，部分路段為了因應經濟快速發展，正將雙向四線道拓寬為六線道，有時想快還真快不起來。

　　4天來一直負責接待我的小單坐在前座，時而回頭與我聊幾句，時而打著小盹。80年代出生的小伙子，正是大陸

積極培養的接班人才，話不多，說起道理來卻有自己一套完整的見地；幾天短暫的接觸，吐露出他的幹練和沉穩。看到大陸如此優秀的新一代政府官員，對比目前台灣政府，運用一堆無公務員資格的外來非公務員操控整個公務體系的運作，破壞文官體制和紀律，資深優秀公務員或被貶抑，或大量流失，駕佞當道，能不替台灣的未來憂心？

車行到機場整整用了 3 個半小時，比開車師傅原先告訴我的多了半小時。劃好機位後，小單堅持邀我在大廳用個晚餐。看著他企盼的眼神，雖想和他多聊聊，但顧及在大陸若是旅客多時通關比較耗時，不得不掃他的興，換我堅持請他自個兒用餐後原車回去。過了出關第一道關卡，回頭看他還提著包包在原地盯著我，想到他回去又要 3 個半小時，心裡一陣不忍。

出關後不久就接到廣播，起飛時間要延後一個小時，在大陸飛機誤點已是無奈的新常態。好不容易熬到上了飛機、坐定位子、準備起飛，挨著窗看著外面，居然見不到地勤人員；通常飛機被拖離空橋進入滑行道，可以看到約

有三位服務的地勤人員排成一橫列，揮著手和乘客、飛機道珍重再見。此時一眼望去，機旁空盪盪的地面只有默默的燈光和影子。

　　黑暗的機場布滿了一點一點藍、綠、黃色的小燈，好似睜著眼睛睡覺的星星，一動不動。從進入機艙到此刻，看不到什麼起降的飛機，這機場像是座不太忙碌的客棧。再放眼直到天際，天空一片迷濛，見不到月亮、星星，許是昨天七夕，牛郎織女的淚水未乾，迄今天下午仍下著小雨。

　　飛機在滑行道上緩緩前進，夜行燈照著路面，前輪走過的路很快被機翼披上了黑袍。跑道旁的草叢裡忽然一隻鳥驚起，倉皇振翅，又投入黑暗，想起蘇軾〈卜算子・黃州定慧院寓居作〉的一段：「揀盡寒枝不肯棲，寂寞沙洲冷」，這隻鳥的處境淒涼更勝之，根本無枝可棲。此情此景，不就是當前台灣經濟的寫照，在大陸經濟快速起飛隆隆作響聲中，手足失措，除了一味逃避，在黑暗中不知何去何從。

流光緩緩，
迷了路又何妨

飛機轉過彎，準備迎風起飛，跑道前頭是筆直而去的黃燈。機頭抬起，伴著轟隆的引擎，這隻大鳥一步步爬升。腳下的無錫，靜靜亮著昏暗的燈光，街道、高速路上沒有不夜城的車龍，市區沒有櫛比鱗次的超高樓大廈。我來了，我走了，不必打招呼，不用說再見。安靜，是因為不需聲音。

　　雲一層一層疊上來，飛機一層一層穿越，無錫，倏忽消失在模糊中。忽然，恐懼襲捲我全身，我怕，我怕台灣老邁的經濟會像那安靜的無錫，如此深沉地睡去，卻再無醒來之時。

夜再怎麼黑，歌聲仍在故事裡傳唱

尖銳的石頭，

只能彰顯河水的波瀾壯闊；

連綿的苦難，

僅會琢磨文化的璀璨瑰麗。

這歌，

我們將在此傳唱下去。

古鎮：是歷史、是文化，是建築、是生活，是記憶、是尋找……

流過古鎮的時光，來了又走，走了又來……

穿梭街巷的那些人，點燃了一束火把，又一束火把……

走進古鎮，會讓我想起戴望舒的〈雨巷〉，像夢一般的飄怨、迷茫、縹緲。

流光緩緩，
迷了路又何妨

訪過幾個古鎮，多半如走失的光陰，早已遠逝，僅留下假日吵雜的聲音。唯有李莊，仍在歷史的脈搏裡跳動，似與台灣這塊土地纏繞著前世、今生之緣。

車行過鄉間道路，兩旁綠樹夾道，或見田畦、小屋，到了盡頭，視野豁然開朗，先映入眼簾的是舒緩空曠的長江，而後是面對江水的李莊，《南渡北歸》說的：「大師遠去再無大師」的李莊。

李莊位於長江南岸，離宜賓僅 19 公里，建鎮已有一千四百多年歷史。由於金沙江和岷江在宜賓會合後稱長江，李莊乃有「萬里長江第一古鎮」的雅號。此古鎮一千多年來就如面前的江水，默默的、悠悠的，在流年中輪迴，過著自己的日子。直到對日抗戰軍興，李莊頓時與重慶、成都、昆明成為維繫中華文化的四大中心。

抗日期間，上海同濟大學和其他機構數次搬遷，仍遭日機轟炸威脅，亟須再次南遷。李莊士紳代表羅南陔於1939 年 8 月發出電文「同大遷川，李莊歡迎，一切需要，地方供給」，無條件式的力邀同濟大學遷往。該校師生乃輾

轉跋涉浙江金華、江西贛州和吉安、廣西八步、越南河內、雲南昆明等地，於 1940 年秋遷至李莊。

為了接納同濟大學，當地人士慷慨的把房間騰出給學生安住，將神佛請出龕位讓師生上課；同大校本部設於禹王宮，工學院置於東嶽廟，同學要自習就到茶館。弦歌在戰火中彈唱不輟。

繼同大之後，中央研究院、中央博物院、中國營造學社、北京大學文科研究所、金陵大學文科研究所等重要文教科研機構也陸續內遷至此。敞開胸懷接待來客的李莊原來人口僅約 3 千，幾乎同時間忽然湧進了 1 萬 2 千名來自中國大陸各地的學者、老師、學生，知名學者包括了傅斯年、李濟、董作賓、李方桂、梁思成與林徽因夫婦、梁思永、陶孟和等。

在這基礎設施嚴重不足，生活條件艱困清苦的時空環境，學者仍專心做著研究，建築大師梁思成完成了《中國建築史》和《圖像中國建築史》，考古與文字學大師董作賓完成了《殷曆譜》，中研院歷史語言研究所發表了論文集

《六同別路》等；梁思成與林徽因甚至曾經過著貧病交加、依靠典當過活的日子。而學生，則在遠離戰火的世外桃源安心的讀著書、做著實驗。

此外，為了躲避戰火的破壞，故宮寶物也分三路西遷，中路文物部分輾轉於 1940 年運抵李莊，存於張家祠，負擔起保護國寶的重責大任。

一首民謠〈成都〉，讓成都悠閒的生活步調出了名；一本《未央歌》，讓莘莘學子嚮往昆明西南聯大的校園生活。李莊雖然沒有詩歌、小說為世人所傳頌，但是多元文化與多樣生活於此地碰撞，在黑暗時代迸放出光明的火花，不僅使李莊成為維繫、涵養中華文化的基地，並且成為孕育戰後重新建設國家所需人才的搖籃。

在歷史的洪流裡，故事都是章回，歌聲一代接一代傳唱。抗戰勝利後，曾經遷住李莊的部分學者陸續來到了台灣，隨同來台的還有跟隨學者作研究的李莊青年，以及嫁給中研院等機構人員的李莊姑娘，學者之中有傅斯年、李濟、董作賓等，語言學大師李方桂雖遠赴美國，亦曾當選

中研院院士；而故宮寶物，至今仍得安詳地陳列、保存在台灣故宮。

河，流過任一地方，會把別地的泥土帶到這裡，又會把這裡的泥土帶到其他地方。

人，行腳到了一地，就把別處的文化帶到當地，再把當地的文化帶到下一落腳的地點。

從古迄今，人類用文字記載歷史，把文化黏附在生活；苗族人沒有文字，就把歷史穿戴在身上，用口耳歌詠他們的驕傲。任何企圖用人為的政治力量消滅文化，就如唐吉訶德幻想用刀劍斬斷滾滾江水。過去大陸排山倒海般的文化大革命最終失敗，已經驗證這個道理。

種子，即使飄洋過海，一樣會落地生根、開花結果，數百年來唐山過台灣的祖先述說了這樣的故事。當年李莊，今日台灣，文化血脈會在此地繼續傳承。

生命
不是一種偉大的理論

愧疚的愛

錯過今日，

會有明日；

錯過了你，

不會有另一個你。

　　等一下就要離開飯店回台灣了，立業邊收拾著行李、邊回味著這幾天在日本幸福快樂的時光，簡直像作夢一樣的不踏實，可是，桌上還擺著和靜子的甜蜜照片、聯絡電話。

　　上個星期天陪同長官來到日本。因為是假日，長官既沒有安排行程也沒什麼事交代，一些昔日留學早稻田大學的日本同學事前知道他要到東京，幾個人約了晚上特地帶他去一家酒店歡聚。

　　這是一家相當高級而且隱密的聚會場所，每個人身邊

照例都安排了一位服務的小姐，陪在他身邊喝酒的女孩名叫靜子，是一位仍在上大學的學生，雖然不是屬於漂亮那類型，但是長得清清秀秀的，帶著淺笑，很有人緣的樣子，應對進退還蠻得體。老同學回到念書的時光，杯觥交錯；就在酒酣耳熱之際，立業和靜子兩人是越談越投緣。交談中，立業知道靜子雙親幾年前過世，孤伶伶一個人，完全靠自己打工上大學，今晚來這家酒店是臨時被朋友拉過來的。對她的奮鬥向上，立業不禁多了幾分憐惜。

大學時代是最讓人懷念的，同學間的感情特別濃烈，大家有說不完的話題，又是年輕小伙子，喝起酒來總是無邊無際、不醉不歸。由於好久沒這樣開懷暢飲，到最後，立業和大家一樣被擺平了。但是現場卻沒人知道立業住哪個飯店，酒店又不可能收留客人，無奈之下，酒店叫了計程車，靜子就將立業帶回自己的住處，把舒服的床鋪讓給了他，自己卻在椅子上半睡半醒的熬了一夜。

隔天一大早，立業就被靜子叫醒，怕他的長官一大早找人。簡單梳洗完畢後，靜子叫了車，立業向她要了聯絡

電話就匆匆忙忙趕回飯店。

　　陪同長官忙了一整天，到了傍晚，長官放牛自己去吃草，沒立業的事了，他就立即打電話給靜子，幸好她有空，兩人約了在銀座見面。吃飯、逛街、照相，玩得很盡興，彼此對對方多了許多了解和好感。末了，靜子邀立業到她住的地方，兩人順路買了酒和一些下酒菜，慢酌細飲的，心事談到深夜，立業被留了下來，不同的是，他不讓靜子再在椅子上過夜。

　　如此又過了三個情濃意蜜的夜晚，每次都是在外頭碰面，玩累了，最後由靜子帶回住所，隔天一大早，立業再趕回飯店；也幸好長官都沒臨時有事找他，否則若是有事，問題可就大條了。甜蜜的時光總是過得特別快，隔天就要回台灣，立業利用白天空檔時間到百貨公司專櫃挑選了一顆鑽戒。晚上，兩人在外度過了幸福的時光。回到靜子家，準備就寢時，立業把鑽戒拿了出來，表明要送給靜子。看到如此貴重的禮物，靜子臉色一沉，很生氣地告訴他：她不是為了他的錢，而是真的欣賞他、愛他，不管以

後能不能再見面，她確實很珍惜這幾天美好的相聚。

　　看著靜子的態度是如此堅決，禮物都買了，怎麼辦？自己又不是對靜子只有一點點的感情。這麼好的一個女孩，對他是如此真心，從來就沒有女孩子對他這樣好過，他也對她有了深厚的情感，這種說不出的感覺從來沒發生過。情急之下，立業只好說：「這是我送給妳的訂情物，妳要好好收著，我回去後會立刻和妳聯絡，妳也要等我。」聽立業這樣說，靜子笑開了，終於收下他的心意和他的聯絡地址。

　　想到這裡，立業的嘴角都泛起了止不住的笑意。才整了一半行李，忽然間屋外響起了急促的敲門聲；開門一看，原來是急性子的長官來催促他動作快點。讓長官來催促怎得了？長官的臉色還帶著一丁點的不高興。情急之下立業只好匆忙的把衣物胡亂塞進行李箱，順手拿走桌上兩人的合照，趕下樓去幫長官結帳。

　　回到台北後，立業第一件事就是要打電話給靜子，找了半天連絡電話，卻都沒找著，此時回想，糟糕！靜子的

電話號碼不就是留在飯店的桌子上，應該是在整行李的時候，被長官來催，心一慌，匆忙間竟然遺漏了把關鍵的聯絡電話收起來，只帶走比較醒目的照片。想到這裡，立業急得快掉下眼淚，只好立即打電話向在日本的同學求救，請他們到當晚酒店問問看。

兩天後，電話回來了，是個讓立業失望的訊息：因為靜子是臨時被朋友拉去的，酒店對她不熟，根本沒有她的聯絡電話或住址；問了那天晚上來陪酒的幾位小姐，也沒人知道。而在日本的時候，都是兩人在外玩了一晚後，才讓靜子帶他回到住所，他並沒有留下她的確切住址，只依稀記得靜子住家的位置。懊惱了一陣，只好等待下次去日本時，憑有限的記憶再去靜子住家附近試試看。

約莫兩個月後立業因為公務再次出差東京，利用晚上時間跑了兩趟靜子住處附近，皇天不負苦心人，終於找到對的住所。懷著興奮、加速跳躍的一顆心按了門鈴，應門的是位老太太，卻告訴他：靜子已搬走半個多月，沒有留下有關她將搬到何處的資料。聽了老太太的話，立業整個

流光緩緩，
迷了路又何妨

人頓時如跌進幽暗的山谷，想哭卻哭不出來，兀自呆了半天，只好頹喪返回飯店。

回台灣之後，鬱悶愧疚的心情始終無法解開，立業開始藉酒澆愁，菸也越抽越重。每次想起靜子，就是止不住的淚水；常自詡自己是個堂堂男子漢，沒想到竟然對一個對待自己這麼好的女孩虧欠如此之深，相信靜子一定會認為他是個騙子或薄情的人，回到台灣就將她拋諸腦後。什麼訂情物？此刻靜子一定會認為那顆鑽戒只不過是他付給她的酬報。

過沒多久，立業突然接到一張明信片，是靜子寄來的，原來她旅行到了夏威夷，用飯店的風景明信片向他問候。喜出望外之餘，翻來覆去，立業想從明信片找到有關靜子的聯絡電話或住址，結果又是失望了。從靜子仍會寄明信片給他，立業確信她一定還愛著他、惦記著他、等著他，也還一直認為他有她的電話號碼，如果立業仍是對她有情，就會打電話給她，因此這明信片也可能是在試探著他。但是，天曉得！事實卻是他根本無從對她表達心裡的

真愛啊。

「妳既然搬了家，為什麼不把現在的住處告訴我？就只是差這麼一點，我就可以立刻啟程飛到妳的身邊啊！」立業心裡哭喊著，悔恨也更加深。

明信片是立業所收到最後有關靜子的訊息，但是那份愧疚如風吹不走的衣上花，始終貼在立業的心裡。每次到日本，如果可能，立業總是會到靜子的舊住處徘徊，期待會有像接到明信片的奇蹟出現，靜子迎面走來，兩人相擁團圓；可是給他的，都是看完明信片後的失望，只有空空盪盪的巷子，無言又無語。終其一生，立業都維持著不婚，伴著他的是僅存的兩人合照和明信片，以及離不開手裡的酒瓶。

後記：紀念一位對日經貿的前輩。二十多年前在日本機場聽他講述年輕時在東京邂逅的情緣；說完後，他眼裡仍飽含著淚水。

以黑道之名

在前無逃路、後有追兵，

而且旁無救援之時，

你仍須

殺出一條血路，

並且是條康莊大道。

　　草草用完早餐，坐在去上班的車子裡，李德仁繼續陷入沉思，等一下要初次見面的這位董事長據說是黑白兩道通吃，這是他一向不喜歡、也不願意去碰的人物；但是既然碰上了，只好硬著頭皮與狼共舞一番。只是，在策略上該怎麼因應才好？

　　才接任首長沒幾天，就碰上這個難題。所謂冰凍三尺非一日之寒，這個案子之所以發展到今天這種地步，其實要怪前面該負責的人根本沒人去關注它的演變；在政府單

位就是這樣，一旦有事發生，才發現人人有關係、個個不負責。

十多年前，為了扶植民間企業承製軍品，落實國防工業植基於民，由本單位主管的基金主導成立了漢虎公司，專門接受陸軍相關軍備維修、生產等業務。創立之時基金股權占 45%，民間 55%。由於業務來源穩定成長，公司獲利不錯。為了落實民營化目標，幾年來基金持續釋出股份，但是顧及公司負擔有若干程度的國防任務，基金代表政府仍維持是最大股東，占股權 25%，原本第二大民股旺來建設公司占 15%，其次分別是 13%、5%、3%、3%……等。另因業務主要來自陸軍，公司董事長向來由國防部門提薦、陸軍退役將領擔任，總經理則聘請專業經理人，十多年來因循成規。

沒料到幾個月前第三大股東私下把 13% 股權轉賣給旺來公司，讓其一躍成為最大股東，目的相當明顯，旺來董事長陳旺來有意要掌握整個公司。最近董事長任期快到了，董監事要重新改選，陳旺來今天約好要來見面，其目

的肯定就是談此案。奇怪的是，若不是陳董事長來約見面，李德仁為了清楚來訪目的而找下面的人來談，否則還真沒有主管業務的同仁先來報告此事。

剛批完兩件公文，祕書孫小姐就進來報告陳董事長到了。進來的是一位體型壯碩、面無表情、皮膚黝黑、步伐沉穩的中年人，果然帶著那麼一點江湖味道。

「歡迎！歡迎！陳董，不好意思讓您跑這麼一趟。久仰您建設公司經營非常成功，真的是一位成功的企業家。我也有一些學生從事房地產開發，提起您的名字，他們都稱讚您是位企業經營高手呢。」一則是先禮後兵，同時李德仁也是要告訴對方：你的來歷我大概還知道一些。

「那點事業沒什麼，都是朋友照顧。」看起來是個生意高手，話少、不客套、不露痕跡。

「祕書連絡，說您來主要是為了漢虎公司的事。雖然我是剛接這個位置，對漢虎不是很清楚，但是還是要代表政府謝謝你們企業界對漢虎的支持。您是最大民股，我應該先請教您對漢虎的看法。」你不先出手，我就恭請你出手，

李德仁想著。

「長官，我不是民股最大股東，是公司最大股東ㄟ。」吼吼！腦筋很清楚，居然下起馬威來了。

「我們生意人投資就是為了賺錢，就像我做建設一樣，公司如果不賺錢，我就要下台。過去到現在，漢虎都是軍方指派那些退役的將領當董事長，不僅不專業，內部都是一堆靠關係進來的人，這些人把軍裡的劣習一併帶著來，彼此拉幫結派、各擁利益小圈圈，把公司搞得烏煙瘴氣；要不是業務靠軍方維持，這種公司若是在民間早就垮了，一定要整頓。」越說越慷慨激昂，卻也是事實。

「您完全內行，公司一定要變革。」

「其次，我現在是公司最大股東，按照規矩，下屆董事長應該由我或者是我方代表擔任。漢虎是一個有技術底子的公司，我的目標是要把這個企業帶到國際上去，目前東南亞市場我已經掌握了一些可靠的業務來源，但是前提是公司一定要先整頓，包括董監事和經營團隊。」

這位陳董事長應是有備而來，而且一副勝券在握的姿

態。的確，他提到的兩點都是實際的狀況，也是面對他的挑戰時難以還手的致命傷。論股權，確是輸給人家啊，又能說什麼呢？雖然猜測他冠冕堂皇的理由背後另隱藏著真正的目的，但是一時之間也想不出什麼好的解決方案，李德仁只好順著他話的方向說：「您說的情形我很清楚，也贊同您的看法，漢虎公司要有更好的未來一定要有好的經營團隊。但是轉型過程中，短期業務來源的穩定要靠軍方，這也是不能不考慮。我到任不久，這公司詳細運作我不是很清楚，另方面離董監事改選還有些日子，是不是請您給我一點時間，讓我想一想，我們再另外安排時間好好談一談？」

大概是首次見面，本就預料到不可能馬上有個結果，反正意思表達過了，這位陳董又帶著沒有表情的表情走了，連最起碼的客套也沒有。

過後連續幾天，李德仁一直為如何解開這個必敗之局苦惱。處於劣勢到底要怎樣才能扭轉局勢？反敗為勝的契機在哪裡？過去對企業界演講常說：「即使輸在起跑點，也

要贏在轉折點」，現在發生在自己身上，那個轉折點是什麼？

　　傷腦筋的同時，李德仁陸續接到一堆不具名黑函，有的檢舉漢虎公司內部的鬥爭、如何利益掛勾；有的則是檢舉陳董事長有黑道背景、他的建設事業是如何的不法，並且指稱陳董是看上漢虎公司擁有龐大土地資產，可以和他既有的建設事業結合等。黑函越多，越顯示出多方介入、內情不單純。

　　黑函之外，還有來自各方的一些電話，其中有兩、三通是來自八卦媒體，口說是要求證一些傳聞，無非是想渲染「黑道介入國防採購」的報導，都被李德仁以「還沒啟動人事作業」的說法暫時予以打發。比較傷腦筋的是來自立法委員的關切，支持、反對由民間主導公司新經營團隊的都有，口氣都很硬。反對方的理由是這是家國防工業公司，具若干程度國防機密；支持者則認為既然民股是最大股東，就應由民間主導，而且漢虎公司內鬥激烈，引進民間力量才有辦法落實改革。當然這些立委若不是漢虎內部

人員去找的，就是陳董找來的。夾在代表不同利益的立委之間，李德仁的壓力備感沉重。

　　其中一位打形象牌的立委甚是特別，開始的時候，逼著李德仁要尊重持股比例，交給民間來改革，一副非聽他不可的氣勢；隔了兩天，又打電話來說：「以前我講過的話全部不算數，就當我沒打過電話，以後這案子我不管了。」李德仁心裡有數，應是有人告訴這立委：「有爆料周刊準備報導黑道要染指國防工業」，這立委怕被牽連在裡頭，才會趕快抽腿。想到這裡，李德仁忽然腦子靈光一閃，有了宏觀戰略的想法。

　　幾天後陳董約了時間再度來到辦公室。

　　「旺來兄，不知您現在對漢虎有沒有什麼新的想法，大家參詳（商量）看看。」坐定後，李德仁照樣請陳董先出手。

　　「我還是原來的主張，依照股權比例，我們公司要推派代表當董事長。」看來是掌握了必殺的招數，言簡意賅，完全沒有商量的餘地。

「旺來兄，我完全尊重您的說法；但是經營權講的是掌握的總體實力有多少，不僅是看個別股東的股份數。雖然你是最大股東，比政府只不過多 3%，其他小股東和政府都有密切關係，我已經取得他們的支持，我們這邊加起來的股權，我算過，超過你這最大股東很多，因此真正的情況可能不是您想的那樣喔。」要談股權就攤開來談吧，讓你知道豬羊變色是怎麼發生的。李德仁趁機看了看陳董，仍是沒有什麼異樣表情，一副高深莫測的神態。

　　「您的建設事業經營得很成功，名聲很好，我也很佩服。不過最近我這裡收到許多黑函，裡面說您和黑道有密切關係，還附上了一些具體資料；我相信這些資料不只我有，應該還有很多人都有收到。」指著桌上厚厚的信件，單刀直入地挑明對方和黑道的關係，李德仁還真怕人家會惱羞成怒掀桌子翻臉，心裡七上八下的；管他的，不入虎穴怎行，要說就說徹底：

　　「另外您大概也知道，有八卦周刊打算報導，標題是黑道入主漢虎公司，這些消息您應該都有耳聞，他們既然找

上了我，也一定找過您。這些報導如果出來，受到影響的恐怕不只是漢虎公司，甚至將包括您的建設公司；換句話說，您主要的本業都會被牽連進來，對您來說，這可是因小失大。我想，您一定不願讓這情形發生。」換我出必殺招了，攻其所必救，看你如何接招？李德仁仍有些忐忑。

「不然你有什麼想法？」沉默想了一下，陳董果然有反應了。

「我的想法是大家來個雙贏啦！董事長還是讓政府來指派擔任，總經理由您提薦，應該是您信得過的人，但我希望他是專業人士，能確實落實公司經營改革，這不就是我們共同希望的結果。您若對漢虎的經營有興趣，可以在董事會給經營部門指導啊。」

換陳董掉進了思索。

「如果您同意這樣的安排，我可以很快進行人事作業。假如那些周刊又來問，我會告訴他們：經過理性溝通，您是有格局的人，完全了解政府的苦心，同意雙贏的安排。這些周刊就沒辦法見縫插針。因為您是剛剛才聽了我以上

的提議，我不期待您現在回答我，可以先回去好好思考，我等您。」隨後李德仁再補上一針加強劑。

進門時成竹在胸，出去時全部翻盤。李德仁送著面無表情的來客，知道他的內心和外表絕對不是同一回事，此時一定是波濤洶湧。

決定性的另次見面很快到來。

「我覺得你的看法也有道理，我投資漢虎那麼多錢當然就是希望能夠賺錢。而我之所以想要當董事長，就是看不慣現在經營團隊的扯爛污。如果能夠進行改革，我不一定要搶這個位置，政府的安排我都配合。」這次換陳董主動先表達他的意思，再次宣示他當大股東的基本目的，也為自己的退讓找個下台階。

「總經理的人選我準備好了，你參考看看。」看來陳董是一路乾脆到底了。

李德仁接過紙條，上有名字、學歷、經歷，其實看了名字就不必往下看，這個人太熟了，是以前推動國防工業的一位幹才，陳董大概下了一番工夫、找對了人。另方

面，想到陳董要放棄長時間以來花大心血的布局，犧牲原來想要得到的利益，肯定經過痛苦的掙扎，李德仁反有點不忍。

「這個人選應該是董監事都能接受的候選人，您能請到他是不太容易。非常感謝您為大局著想，大家既然都是漢虎的合作夥伴，目標一致，今後我們就一起幫公司發展囉。」

結束了最短的一次會面，陪陳董出去時，雖然他仍是一副喜怒不形於色的樣子，但臉色似已緩和不少。看著陳董離去的身影，李德仁多日來壓在心頭上的烏雲頓覺亮了開來。

背鍋的眼淚

王爾德說：

不夠真誠是危險的，

太真誠則絕對是致命的。

要命的是，

真正的朋友卻必須建立在致命的真誠上。

　　今晚的聚餐吃得特別愉快，不僅餐好，人也對。主人李董是知心好友，帶了老婆參加，另外邀請的吳董、黃董、廖董也都是和正國熟識多年的知交，公務之外的話題平日大家可說是無所不談，此時聊起天來尤其開心、沒什麼顧忌。

　　餐點都上完了，接下來是甜點，李董舉起酒杯敬酒說：「處長，本來吳董建議邀請林萬里參加的，我考慮到，如果他來了，您可能無法暢所欲言，大家也就沒辦法盡興，因

此這回就沒請他。」此時吳董也跟進說：「是啊，原先我還以為你們是一掛的，你們不是同學、同事多年？」

正國多年來練就了聽懂別人話中有話的本事，聽李董如此說，他立即敏感的發覺到其中必定有蹊蹺，於是問說：「是不是萬里曾經表示對我不滿？」李董笑了笑、沒說話，因為林萬里也是他的好朋友。

「是不是因為當年我當處長的時候，有個位置出缺但沒有讓他接任？」正國再追問，李董仍是笑而不語。

其實一年多前有位企業界朋友生日宴，正國和萬里都受邀參加，正國在餐宴上就已經感覺到萬里對他的態度不似以前熟絡，甚至有點冷淡，那時他還以為是萬里調離本單位，大家有陣子沒聚而生了疏離感，因此沒放在心上。此時李董不正面回答，正國就已七、八成確定是萬里在李董面前說了一些有關對他的怨言，而他快速思索了一下，能讓萬里耿耿於懷的應就是那一樁事兒。

餐會結束後，正國放棄了叫計程車回家，一個人走在行人漸少的馬路上，抬頭看著朦朧的夜空，「何止萬里會耿

耿於懷，我也耿耿於懷啊！」幾年前的記憶頓時浮了上來。

那時他剛接處長沒多久，本單位裡有個好位置出缺，依資歷、能力條件及分管業務性質該由萬里來接任，但是萬里有個毛病，個性急、脾氣躁，不只常得罪屬下，也得罪其他長官。就在正國思考如何做適當布局時，突然接到長官電話：「正國兄，你單位裡正有個缺，就讓黃志遠接任，我們如此談定了喔！」連讓正國回答的機會都沒給，長官就掛了電話。正國心裡明白，應該是有長官不得不尊重的人去做了請託，否則他這位外號「不沾鍋」的長官是鮮少直接交代人事的。

對於這種人事關說，正國最為厭惡，不僅他本人是幾度的被害者，它更經常代表了不公不義，以前看過的一則故事一直在他的記憶。

有一個機關招考新進人員 20 名，競爭非常激烈。即將公布榜單時，人事主管接到指示，原來是長官受到政治壓力，要讓一位成績甚差的人員錄取，不得已之下只好刷掉了一個本來要錄取的考生。幾天後這位主管看到了新聞報

導，一位家境非常困苦的年輕人去報考一個職等不高的工作，憑學歷原先自以為相當有把握，結果卻意外未獲錄取，心灰意冷之下自殺了，留下一位殘障的媽媽以及尚在中學念書的幾個弟妹。看了這位年輕人的名字，不正是本來可以上榜卻被換掉的那位！這件事從此成了這位主管一輩子揮之不去的歉疚。

或許很多人自以為幫助別人是做了善事，但是此種人事關說另方面可能就是造了一個惡業。

來自長官的直接命令當然得接受，正國因此一直把對萬里的這份歉意放在心裡；將心比心，萬里不會沒有恨，而對象當然是擔任直屬長官的他。幾年過去，現在大家都從工作崗位退了下來，本來的好同學、好同事、好朋友，還要讓心結懸在那裏嗎？

幾天後，正國終於找到機會，是一個研討會的場合，萬里也去參加。中場休息的時間，正國走到萬里的身旁說：「好久不見了，萬里兄。最近好嗎？」

看到正國來了，萬里也趕緊說：「長官好久不見，我現

在還好，先休息一陣，再看看可以幫一些朋友的事業做些什麼事。」

兩人邊說著，正國邊拉著萬里往沒人的地方走。

「萬里兄，算算時間，我們已有數十年的情誼，沒有什麼事不能談的。日前我和朋友聚會，聽說你對我有一些不諒解，而我猜，是不是有次單位裡出缺，我沒讓你調升那位置的事？」正國講話一向不願拐彎抹角。

「都怪我大嘴巴，對不起、對不起。」萬里直道歉，卻不承認、也沒否認。

「我們都是退休的人了，多年的情誼，我真不希望因為有一些疙疙瘩瘩而毀了，因此我就有話直說了。」正國於是把當時為何沒能把調升的機會給萬里的經過簡要的講了一遍。

「我再和你提另一件事。你還在單位的時候，你知不知道有一個傳言說你要被換掉？」

「我聽說了，有一個外單位的人要來接我的位置。」萬里說得很保守。

「但是這件事一直止於傳言，對不對？你不是一直幹得穩穩當當的直到我被調開本單位？」正國兩眼盯著萬里，萬里默默不語。

　　「那我告訴你，這不僅不是傳言，而且是個千真萬確的事。有天我去和高層開會，會議結束後，一位長官拉我到會議室外，要我把你換掉，由他的一位親信劉維德接任，這消息你一定知道。」看著萬里注意在聽，正國繼續說。

　　「當時我就回答長官，你並沒有犯錯，沒有道理把你換掉；其次，如果將你調離，目前單位裡也沒有適當的位置可以安排你。你知道嗎，我毫不考慮的回答當下就激怒了那位長官，他怒視了我好一陣子，半句話沒說就扭頭離開。真要怪，就怪我不會做人、不會迎合長官。」想起那時長官怒目而視的眼神，正國現仍不寒而慄。

　　「你可知道我的這個處長是怎麼被換的？得罪這位長官是重要原因，而得罪這位長官，其中之一就是我替你擋了被換人的這顆子彈。以前我並沒讓你知道，因為我認為這是身為長官的人應有的擔當，不值得、也不必告訴你。種

種過去，我本想讓它隨著歲月消逝，結果卻是現在你對我有所誤解。我珍惜咱們多年難得的情誼，才不得不跟你說個清楚。基於文官倫理，我不會告訴你這些長官的名字。我們相處這麼久，你我都彼此了解對方直來直往的個性，是否相信我所說的話，就留給你自個兒去判斷了。」說完後，繼續開會的時間到了，兩人各自回到座位上。

會議結束，萬里快步走到正國的位子向他致意，並要陪同正國離開。正國告訴他：「我還要和幾位朋友打個招呼，你不用客氣就請先走吧，以後大家多聯絡。」看著萬里離去的背影，正國多年來憋在心裡的委屈和淚水忽地全湧了上來。

爛泥巴裡的希望

生命不是一種偉大的理論，

而是卑微的實踐；

走過了，

才知生存、生活之外，

還有一種東西，

叫做責任、承擔或希望。

　　小龍這幾天的情緒已經漲到極點，憤怒、羞辱，塞滿整個腦袋，卻只能任其波狂濤怒，找不到洩洪出口。

　　小時候，阿爸偶爾會到鄰居家打打四色牌，有時則會有一些認識和不認識的叔叔、伯伯、阿姨到家裡來打，小龍尚不會有什麼特別的感覺，對「賭博」這兩個字也沒有什麼概念，甚至周末待在阿爸身旁靜靜看著打牌，阿爸贏錢了，還會高高興興帶著小龍到市區去看電影、打牙祭。

等到小龍升上初中，慢慢的，阿爸到別人家裡打牌的次數少了，別人到家裡來打牌的次數增多了；有時白天打、晚上也打，連續打個兩、三天是常有的事。

在家裡打牌往往把整個家搞得亂七八糟，生活受到扭曲。兄弟姊妹們都要加入支援茶水、買餐點和香菸等跑腿的行列，屋子裡瀰漫著不堪入耳的粗話、菸味、尿騷味。家裡的空間本就不大，日式房子沒所謂的隔音效果，孩子們讀書的空間和環境都被剝奪了。

而讓小龍最難忍受的是當鄰居經過家門前，聽到屋裡傳出的粗魯的賭博聲，轉過頭來投射的不屑、不齒的眼神，有如插在他心頭上的利刃，讓他心裡直飆著痛。隨著年齡增長，小龍已經能體認到賭博是怎麼一回事，不僅像課本說的違法、見不得人，時時刻刻害怕警察上門，特別是看到鄰居阿姨因為來家裡打牌而發生家庭糾紛，有些還是同學的媽媽，更使他羞愧得無地自容。

弟、妹們有時會彼此談著相同的感受，但都只能在阿爸背後私底下抱怨。小龍曾經鼓起勇氣向阿爸提起這件

事，勸他不要再讓人來家裡打牌。可是阿爸只冷冷回應他：「我不偷、不搶，要是不讓人來賭博，你們讀書的錢從哪裡來？」

是的，錢從哪裡來？經濟落後，而且家住郊外，根本沒有打工、兼差的機會；一家七口，食指浩繁，隨著孩子們長大，吃飯、上學的開銷跟著增加，只靠父親一個人在工廠做工賺得的固定的微薄收入，如何養家、供孩子們讀書？每到發薪水，米店老闆就立刻趕到家裡來等著收上個月賒帳的米錢，生怕阿爸把錢挪到別的用途。雖然父親沒明講，小龍從那些打牌的人口中也知道，在家裡打牌可以抽「牌仔底」，每打一輪，贏家就抽固定幾塊錢給屋主，這就是父親招人來家裡打牌的主要原因。

但是，為了錢就可以把家裡當成賭窟？為了生活就要付出這樣的代價？這些理由小龍壓根兒無法接受，在孩子的觀念裡，羞恥心蓋過了一切，雖然他也找不到解決的方法。

隨著小龍升上高中，家裡的開銷更大；有時為了因應

課業需要，小龍還得選擇性的去補習，伸手向阿爸要錢，阿爸很少說不。但是，在家裡賭博的情形也越來越嚴重，有時賭得昏天暗地、沒日沒夜的。尤其是這幾天，考試又近了，小龍已經快受不了，心情的不滿都堆在臉上，阿爸就是裝作沒看見。晚上想了一陣，小龍決定要先禁食抗議。

隔天早上，阿爸照例把早餐和帶到學校的便當都準備好了，小龍刷牙、洗臉完畢，穿好衣服，就拎著書包往外直走，早餐和便當連瞧都不去瞧一眼。整天，飢腸轆轆，小龍只能不斷喝水擋飢；阿爸控制孩子身上的零用錢是精準無比，小龍身上根本沒半文錢。上課時候，老師在講些什麼，小龍一個字也沒聽進去，腦子裡拐來繞去的，盡是阿爸如果看到他沒吃早餐、沒帶便當，會是怎樣的反應？

好不容易熬過了一天，放學回到家，賭局正酣。和阿爸見了面，原期待阿爸會有所反應，卻是正眼都沒看小龍一下，臉上則是覆滿寒霜，凍到快不行，很顯然就是衝著小龍。留在餐桌上的晚飯，小龍連筷子都沒碰，就把飯菜收進櫥子。「要絕食就要徹底一點！」小龍咬著牙對自己說。

流光緩緩，
迷了路又何妨

第二天早上，早餐和便當照舊準備在飯桌上，小龍一樣把書包背起，就將它們都拋在身後。這天更難熬，光喝水無法對付一天多沒進食的空腹，數學、國文、英文課在講什麼，完全沒進入耳朵，整個人的精力全花在對付那持續襲來的飢餓感。到了中午，同學都在用著熱騰騰的便當，小龍為了避開誘人的飯、菜香，只好躲到校園大榕樹下，看著藍天上的浮雲，咀嚼著身、心的煎熬和酸楚，腦袋一片空白，不知何去何從，臉頰上不知不覺間淌下了兩條淚痕。

傍晚回到家，仍是什麼都沒改變，牌局鏖戰、桌上晚飯、阿爸的臭臉，和昨天一模一樣；小龍同樣把飯菜收好、洗完澡，打開書本，半個字都沒進入眼簾，精神已經無法支撐，迷迷糊糊中睡著了，卻是惡夢一齣接著一齣。

第三天早上，場景再度重演，小龍虛弱的腳步拖著重重的書包出門去上學。或許是餓過頭了，飢餓的感覺已經沒那麼難受，取而代之的是體力不濟，上課時候眼皮屢屢垂了下來，只好用手緊扭大腿，就如古時懸梁刺股般的叫

醒自己。中午在大榕樹下，小龍用剩下不多的體力左思右想，做出最後的決定：今晚好好打包，明天離家出走吧！

回到家裡，讓小龍感到意外的是，賭局收場、賭客不見了。

「賭博該也會累吧」，小龍想著。

阿爸不在家，飯、菜擺在飯桌上，小龍還是把它們收了。洗好澡，準備悄悄收拾必要的衣物，阿爸恰好回來了，知道小龍沒吃晚飯，到了小龍面前，語氣平和的說：「吃飯好嗎？」

三天來就只有這麼簡單幾個字。要一向威嚴的阿爸拉下臉、懇求孩子，本就是件困難的事。

小龍不敢看著阿爸，就是低著頭不語。

對峙了半晌。

「難道要我跪下來求你，你才要吃嗎？」阿爸又說。

小龍這才抬起頭，阿爸的臉正努力擠著一丁點笑容看著他。笑容的背後，小龍看到了：阿爸三日來想必也經歷了不少煎熬。

家人受的委屈阿爸怎可能不知道？小龍的一舉一動，阿爸不會半點感覺都沒有。在家計、栽培孩子們，以及不讓鄰里瞧不起、孩子們不蒙羞辱之間，阿爸必須做個選擇。不叫孩子們輟學去當學徒，堅持每一個都要繼續升學，阿爸就只能無奈的選擇前者，默默承擔一切苦難，替孩子們未來的希望鋪路，只盼在爛泥巴中能開出美麗的花朵，而孩子們只會顧到自己的感受，留下未解的難題給阿爸一個人獨自去面對。天地無語，萬物無情，阿爸能向誰去哭訴求助？

　　看著阿爸那張不善於表達內心情感卻笑得極其不自然、簡直比哭彆扭的臉，眼裡甚至泛著祈求的企盼，小龍剎那間把自己的、阿爸的委屈像兩條河水匯聚在一起，從心底一股腦兒湧了上來，讓淚水和心酸盡情地奔竄……。

流光緩緩，
迷了路又何妨

咖啡，
要在涼的時候喝

咖啡的風韻

咖啡，

要在涼的時候喝。

你對我的感覺，

請在人靜之時慢慢品嚐。

很多人都有這樣的觀念：「喝咖啡要趁熱的時候喝」。

以前我也作如是想。但是自從驗證了小李告訴我的：「咖啡要等涼了才好喝」，我就開始喜歡上了黑咖啡。

小李經營一家知名的咖啡店，本人更是出了名的咖啡達人，聽他談起咖啡的大江大海，從栽種、烘焙、拍醒咖啡粉、煮咖啡到喝咖啡，可能給三天三夜都止不了他似水龍頭的嘴巴。

多年前朋友帶我第一次到他店裡，我點名要喝「卡布奇諾」，他把眉頭一皺說：「那是給小孩子喝的玩意兒。」

流光緩緩，
迷了路又何妨

好似把他的咖啡拿來做卡布奇諾或其他花式咖啡是一種浪費。但是他還是幫我弄了杯加奶的咖啡，另外附了一小杯黑咖啡，要我試試；後來才知道，他店裡賣的咖啡就只有黑咖啡。

為什麼我不喝黑咖啡？說起來還真有那麼一小段故事。

1978 年剛從碩士班畢業，進入行政院經建會服務。有天陪同老闆楊世緘博士到台灣 IBM 公司國際採購部門訪問，接待的部門主管是美國人，問說：「喝什麼？咖啡，或茶？」

「Coffee。」看楊先生說要喝咖啡，我不管三七二十一，也跟著說：「Coffee。」

「什麼咖啡？」老外又問。

「Black。」楊先生回答。

什麼？！咖啡還分 Black、非 Black？紅茶不是叫作 Black tea？那 Black coffee 不就是紅咖啡？

也難怪我像土包子一樣，那個年代台灣喝咖啡的人本就不多，我又是才剛踏出校門，哪喝過什麼咖啡。反正跟

著老闆準沒錯，於是我也說：「Black。」

楊先生聽了笑著說：「喔！還是把糖和奶精一起給他好了。」

等咖啡上來了，看看杯子裡的「Black coffee」，果然黑得像鋪馬路用的柏油，怪不得楊先生要幫我要份糖和奶精，我心裡則直犯嘀咕：「這能喝嗎？」從此後，我就對所謂的黑咖啡敬謝不敏，喝咖啡就是要加點糖和奶精。

聽我講完不喝黑咖啡的由來，小李二話不說，把剛煮好、尚在咖啡壺裡的咖啡整個端來，用強光手電筒挨著玻璃壺一照，原來的烏漆抹黑頓時撥雲見日、變幻為紅寶石的顏色，令人為之驚艷，他說：「這才是真正的咖啡的顏色。」

等我把「卡布奇諾」喝完，用開水清清口，鼓起勇氣端起小杯的黑咖啡試著喝了一小口，果然不錯！確是自有一番風味，和我腦海中「苦、澀」的刻版印象完全不同。看我終於把黑咖啡喝完了，小李接著大師開示：「一杯好的咖啡要符合：香、甘、柔、順、滑、細、甜等七個標準。

流光緩緩，
迷了路又何妨

香是喝之前聞起來就很香，咖啡豆所有的香味成分都被留在煮好的咖啡裡；如果你進入一家咖啡店，滿屋子都是咖啡香，那家店煮咖啡的技巧肯定有問題。所謂甘是咖啡入口後立即覺有甘甜的味道，等到咖啡流過舌頭、喉嚨等不同部位，會呈現柔、順、滑、細的口感。甜則是喝完後，嘴唇會有回甘的味道。」

雖然小李的黑咖啡翻轉了我對一般黑咖啡的印象，但是對別家咖啡店的產品我仍是欠缺信心，不敢立即勇於嘗試。

日前陪朋友再到小李的店裡，上了咖啡，小李卻說：「趁熱先喝一口，然後等涼了再慢慢喝，比較看看有什麼差別。」

依照小李的方法，竟發現熱、冷咖啡果然呈現顯著的差異，冷咖啡的口感更豐富，也更為順口，完全沒有苦澀的味道。小李說，熱燙的時候，味覺都被蓋過了，味覺神經沒能完全發揮；其次，等涼了，咖啡裡的各種元素慢慢呈現出來，口感會產生不同層次變化。「千點萬點，不如名

師一點」，既然在小李店裡發現等咖啡涼了確實比較好喝，我開始在家裡進行驗證，不管是咖啡機煮出來的，或是濾掛式的，都給自己一段時間，在咖啡階梯式變涼的過程中，慢慢享受那多層次、更回甘的味道。漸漸的，喝黑咖啡的次數相對增加了。

喝咖啡等涼的時候慢慢品，有點像等晚上人靜之時思考，所有雜念緩緩沉澱，心的澄明自然浮現，與問題相關的影像逐漸清晰，不管是分析、構思、創意、靈感種種，如御風而飛，似輕舟過萬重山，暢快無比。

至於好的咖啡要符合香、甘、柔、順、滑、細、甜的標準，茶、酒、君子等凡是美的事物何嘗不是？

手機網路曾流傳一段影片：「有些人，似荷，只能遠觀；有些人，如茶，需要細品；有些人，像風，不必在意；有些人，是樹，值得依靠。」就像茶、咖啡，人也可以拿來品，《論語》〈子張篇〉子夏曰：「君子有三變，望之儼然，即之也溫，聽其言也厲。」描述君子外在形象、內在性情、言行舉止的不同層次，不就像喝咖啡過程的不同階段。

但是品人可能須花更長時間，品君子尤其如此，因為他有更多層次、更多元化的內容。咖啡的香，到了人，就是外在自然流露的魅力。

　　猶記得 1998 年在美國參加世界資訊科技大會（WCIT），第一次、也是唯一的一次，聆聽英國前首相柴契爾夫人（Margaret Thatcher）本人演講。演講前，只見一位態度從容、優雅、高貴，雙眼炯炯發光、神采奕奕的女士站在講台上，全身上下充滿自信、智慧，處於泰山崩於前而色不變的安定，微微上揚的頭、環視全場的眼神，有如睥睨天下的領袖。未講半句話，全場已為之屏息；不用聚光燈，她已是現場的焦點。等到她開口說出第一句話，全場早已按捺不住的掌聲雷動，這是一位曾經是全球領導者讓人為之折服的無形魅力！此種魅力是經過多年個人內涵昇華、重大危機事件淬鍊而成。

　　品人除了感覺其外顯的氣度之外，還可觀其內涵；一舉手、一投足之間，不只看其格局，亦可察其細緻。大家都知郝柏村先生一生軍旅，相貌堂堂、不怒而威。擔任行

政院長時，有次主持在中鋼公司舉行的企業座談會，一位甚是年輕的女服務員將咖啡端到他位置時，大概是一時緊張，不小心把杯子弄翻了，那還得了！女服務員趕緊回頭跑回工作房，大家以為她是去找毛巾之類的東西，結果是由隨扈迅速地把翻倒的咖啡作了處理。此時會議仍持續在進行，郝院長卻一邊找了負責服務的人來，小聲的要他去安慰那位「小妹妹」，告訴她不要害怕、沒事，咖啡並沒沾到院長衣服。在中國人傳統觀念，軍人就是個老粗，但郝院長的粗中有細給人的是適時飽滿的溫潤。

不少人喝咖啡、喝茶，端起杯子來就是大口大口喝，好像在喝開水，或像在喝酒乾杯，我常開玩笑說那是「愚、蠢、呆、笨、傻、鈍、癡」，目的是要和「香、甘、柔、順、滑、細、甜」相對應。也有人說飲者八德：獨酌、淺酌、雅酌、豪飲、狂飲、驢飲、痛飲、暢飲。其實，喜愛怎麼喝都是各取所需。但是忙碌的生活中，「喝」、「飲」之外，我們是不是可以留點時間讓自己享受點「品」的樂趣？

失根的人才

小時候，

這塊土地孕育我的未來；

長大後，

我用思念滋養這塊土地。

如今回來了，

卻尋不到她的明天。

一般人以為，到了全球化時代國家競爭力才開始以人才為核心，其實清朝曾國藩就說過：中興以人才為本。更早的時候，秦尚未統一中國，李斯的〈諫逐客書〉建議秦王要將各國人才留為己用，秦國方能完成大業。20世紀美國能夠從後趕上，成為世界強國，靠的就是開放的移民政策，把世界各國優秀的人才經由留學、工作等多元管道，吸往和留在美國。

現今台灣則和世界潮流恰恰相反。依據經濟合作暨發展組織（OECD）公布的 2013 年調查結果，各國專業人才外移以台灣最為嚴重，專業人才占外移人口達 61.1%，居世界之冠。另依英國牛津經濟研究機構（Oxford Economics）全球人才預估報告，由於人才外流，同時未能吸引外來人才，至 2021 年台灣將成為人才最為短缺的國家。長此以往，台灣的國力將逐漸淪喪。

2001 年 2 月我擔任經濟部次長的時候，以政治大學老師的身分陪同 EMBA 班同學第一次前往北京、上海和廣東訪問。回台後，陳水扁前總統單獨接見我，和我談赴大陸心得。當時我就提出大陸「磁吸」效應的概念，說明大陸正對台灣的產業、人才、技術、資金產生龐大磁吸效應，台灣面臨空洞化危機，陳前總統會後要我提交一份因應規劃書。後來，我把計畫書經由當時總統府副祕書長呈給陳前總統，就此石沉大海。其實，當時我最擔心的是產業和人才問題，因為兩者是一體的。

要把好的人才留下來，並且吸引跨國人才，其道理和

方法其實非常清楚，就是要有好的環境，這個環境必須以產業作為核心，並且搭配適當的配套措施，例如大開大闔的移民政策、教育政策、租稅政策等等。

1950 至 1970 年代，台灣曾流行一句話：「來來來，來台大；去去去，去美國。」眾多年輕學子的夢想是考上台大，然後到美國留學，畢業後留在美國工作。這個現象還曾被某些意識形態人士嚴厲批判，指稱這些孩子都是高官和所謂的外省子弟。但是真正原因其實是台灣的經濟落後，就業機會短缺，僅能利用低廉勞力吸引勞力密集產業投資，這些優秀人才即使回來，也是英雄無用武之地；而美國則是利用其開放的移民政策，吸納了大批包括台灣的一流人才。

1970 年的時候，外國出生人員占美國就業人數僅 5%，1990 年增至 9%，2004 年復升至 14%；科技重鎮的加州在相對應時間外國出生員工占比則從 10%、25% 攀升到 33%。根據調查，1990 年加州矽谷高科技公司來自亞洲出生的科學家和工程師中，以來自台灣海峽兩岸的中國人所

占最高，達一半以上。此外，1998 年由前述中國人擔任 CEO 的矽谷高科技公司家數占了 17%，對矽谷高科技產業發展起了相當大的影響力。

到了 1980 年新竹科學園區啟動，台灣產業結構逐步轉型，留在美國的科技人才開始返鄉。1980 年代後期，新興科技產業快速成長，科學園區新創立的公司創辦人中來自美國的台灣人占了三分之一，這些人大部分是早期在台灣出生、大學畢業，然後前往美國深造的學子，台、美之間從單向人才外流（talent drain）轉為雙向人才良性循環（talent circulation），其關鍵就在產業。

由於具有科技專長，以及語言優勢，這些鮭魚返鄉的創業家穿梭於太平洋和台灣海峽兩個「兩岸」，運用三地互補優勢，進行全球難得一見的最佳布局，創造出貫穿美國、台灣、中國大陸的創新走廊，締造了美國《商業週刊》2005 年以〈台灣為何重要〉為封面故事，宣稱台灣是隱藏的全球經濟中心的黃金時代。

近 30 年來，全球經濟重心逐漸往亞洲、特別是中國大

陸遷徙，大陸經濟和產業發展進入深水區，亟需各類人才。除了在教育方面積極擴大投資，政府當局陸續推出百人計畫、千人計畫，提供一次性金錢補助、免費住屋等誘因吸引外來人才，2016 年大陸核發永久居留證就增長163%；依據 Oxford Economics 的推估，至 2021 年大陸人才竟可以達到平衡。

反觀台灣，不僅無法吸引外來人才，本地人才更是大舉外流。根據調查，人才外流的關鍵因素是薪資太低，缺乏競爭力。但是薪資太低是結果，真正原因在於產業空洞化；而產業之所以空洞化，則是在對大陸閉鎖的產業政策下，與全球成長最快的主要市場隔絕，切斷美國、台灣、大陸三地構建的創新廊道，投資環境惡化，尤其是欠缺投資標的和市場機會，產業和人才只好結伴出走，形成台灣產業和人才單向往大陸傾斜的趨勢。

以去（2016）年為例，蔡英文總統說要以拚經濟為優先，但是新設立公司平均資本額只有新台幣 375 萬元，僅達馬政府 8 年平均資本額 517 萬元的七成。林全院長去年 6 月

在三三會的演講強調，外國直接投資（FDI）不會作為新政府的關鍵績效指標（KPI），就業機會才是；但是去年台灣就業增加率僅 0.62%，不到馬政府 8 年平均 1.06% 的六成，而台灣卻同時有 50 至 100 萬人在大陸就業，且以青壯、高階、專業及主管人才為主，形成楚才晉用的強烈對比。

1970 年我要參加大學聯考時，父親再三叮嚀，報名表上所填志願只能是工科，因為當時工作難找，工科畢業後相對較容易找到工作。今天台灣社會又出現人才大舉外流的現象，豈不讓人懷疑：台灣是不是又退回到了 1970 年代？

高等教育普及、人力素質優異，是台灣人才國際競爭力的來源，將這些優秀子弟留在本地為本地所用是政府的責任；如果自己的人才都不能留住，反去吸引外來人才，就是本末倒置、緣木求魚。不管是留才或攬才，根本之道就是創造自由、開放的產業發展環境，促進新興產業發展，否則「皮之不存，毛將焉附」，沒有了產業，哪有就業？

●本文於 2017 年 4 月《中國時報》刊出後，經過部分修改。

目黑川之戀

生命的美，

要用生命去追尋；

永恆，

只等在盡頭的地方。

有風、有雨，有落櫻、有流水，有小橋、有傘中人，我來了。

沒有赴日本賞櫻的打算，卻在櫻花祭最後一天首次來到「目黑川」。迤邐而去的目黑之川，望不見盡頭，如跨越天際的銀河；銀河裡閃爍的繁星，是小河中密密麻麻的落櫻，直教人想泛舟其上、曲水流觴，並酹江月以高歌、美酒。

河的兩岸矗立著壯碩高大、雙手環腰不及抱的櫻花樹，花開盛極，雪濤雲湧，沿河蜿蜒近4公里。樹的後方，

繁枝茂櫻將小小步道搭起長長的櫻花隧道；前方，則或是雙手平伸而出，極力擴展她在水面上的天空，或是纖手下垂，不時撩撥著流水蕩漾的春心。

小橋，是用來解決兩地思念的。橋下，水緩緩流過，片片花瓣載浮載沉，不爭不搶，彷彿是在拖延屬於她的季節。橋上，人群駐足，有的凝視著遠方，是在懷念逝去的？有的低首望著河水，是在感慨千篇一律的人生？小橋，看盡來、去，始終默默，沒人注意，也不必在乎。

而小雨，不知是來增添詩情畫意，或是要來參與感傷。清新的空氣中，花落在傘上、路上、河面上，雨也滴在傘上、路上、河面上，分不清是花在妝扮著雨，或是雨在妝扮著花。花中有雨，雨中有花，更是花如雨、雨如花；誰是誰？已無關緊要。

花發應殘枝。走過嚴冬，只剩滿樹殘枝，讓人以為櫻花樹已到了生命的盡頭。沒料到，盡頭才是生命要展現她的美好的開始。櫻花由初放到盛開，一個星期；盛開到開始凋落，又是一個星期；短短周期，舞畢世間的成、住、

壞、空，完全滿足日人崇尚的「瞬間之美」。

　　很多人賞櫻，選在她怒放當盛之時，花海和人海合為一體，人在花裡，花亦在人中，美則美矣，就只能以一個「美」字讚嘆。

　　有些人則喜歡挑在新綠小葉竄出枝頭之時，樹上花海依舊，樹下落櫻紛飛，柳腰款擺迎風變幻，尤是另一種風情。

　　櫻花樹若傍水而居，或河、或湖之濱，落櫻載浮載沉水面，隨意繪出夕陽最後揮灑的彩霞，猶如謝幕告別作，驗證生命漸進的多層次，扣動心弦的，是更深一層生命的美，美到極致讓人淺唱低吟。

　　生命的美要用靈魂去感受、用心去體會，猶如文學巨擘川端康成所說的：「美在於發現，在於邂逅，是機緣」。落英繽紛之際，恰逢細雨如絲，雨滴落入水裡，揚起最後的漣漪，花在漣漪輕盪；水面之上，則是花、雨相擁，一起鋪陳出大地的迷濛，呈現生命的朦朧淒美，對生命深沉的喟嘆，餘韻不絕。或許，這就是日人愛櫻成癡的原因吧。

每次想到日本的櫻花祭，腦海裡就會浮現 1957 年的電影《櫻花戀》（Sayonara），片中美軍軍官和日本歌舞伎相愛結婚，上級卻不准相守，兩人終於選擇自殺來維護他們潔淨的愛情；在櫻花漫天飛舞之際，不禁對寧為愛情而死的絕美感到顫抖。從此，又想到三島由紀夫和川端康成的小說和先後自殺，不禁要問：為什麼日人的愛、至善、絕美、孤獨、死亡和自殺，總是千絲萬縷糾葛不清？

　　但是為所愛付出生命並不是日人所獨有，《櫻花戀》裡為愛人而殉情，三島由紀夫為理想而切腹，川端康成為突破文學頂峰而開瓦斯自殺，英國大提琴家杜普蕾則將生命和孤獨注入音樂。

　　有次匈牙利大提琴家史塔克乘車，聽見廣播播放大提琴演奏曲，深受感動，問旁人是誰演奏，別人告訴他是杜普蕾。史塔克慨嘆說：像這樣演奏，她一定活不久。一個用生命演奏、每演奏一次就撕心裂肝一次的人，她能活多長？諷刺的是，唯有用生命燃燒，用無盡孤寂傾訴，在低沉舒緩的琴聲中，才能和靈魂產生綿密的共鳴，在浩瀚宇

宙中真正的不朽。

「難道至高境界的真善美都要經由死亡的體驗才能實現？」

「為何生命之中非得帶著無法拋開的淒冷和悵然？」

細雨還在飄，落櫻仍在舞。川端康成說過：「無言的死，就是無限的活」。明年此時，生命仍會重來一次；花，依舊會燦爛。

但是，細雨會不會再來？

冰淇淋與民主

民主的表是多數，

裡是：愛、有他、自我節制……

西方的民主告訴我們，

民主交到邪惡的手上，會是為惡的工具，

藉著表面的多數掏空內部的良善。

先賢則告訴我們：

民為邦本，本固邦寧。

一根柱子可以撐起天地；

倒行逆施，一根柱子也可以把天燒個精光。

每次搭乘華航班機，最難忍受的誘惑就是那小小盒的冰淇淋。

正餐後，空服員總會端著飯後甜點來問說：「要不要來一盒冰淇淋？」

她問我，我問誰？當然是問自己：「到底要不要？」

冰淇淋的確是個非常令人開心的甜點，含在嘴裡，那冰甜綿密的口感上涼腦門、下沁脾腹，立時讓人有滿天星斗幸福無比的感覺；可是對於有血糖困擾的人來說，它卻是個人見人怕、避之唯恐不及的鬼見愁。

在兩難之間，剛開始，我總是帶著微笑、狠著心說：「謝謝，不用。」可是謝完後，每每馬上後悔。經過幾次，終於懷著忐忑不安的心情試著說：「來一個，謝謝。」

冰淇淋拿到手了，怎麼辦？要吃多少？這又是個困難的決定，決定權完全掌握在自己手上。吃上第一口，立即浮現的誘惑是想要繼續吃第二口；吃得越多，想要把它全部消滅的欲望就越強。可是，不行啊！醫生有交代、身體有警告啊！好吧，就吃三分一好了。吃了三分一，瞧瞧那致命的吸引力在招著手，好像，還剩很多呢；好像，還可以再吃一點喔。OK！就吃到二分一好了，人不都是應該做點妥協？！於是在斬釘截鐵的決心下，二分一成了不可逾越的南、北韓 38 度線，萬般有恨卻不得不讓空服員把剩下

的心愛當做廚餘給回收了。

　　和冰淇淋類似經驗的是機器饅頭。高中二年級上美術課時，老師教素描，標的物是維納斯女神雕像。畫畫要用木炭筆，修改的工具則是饅頭。學校福利部賣的是當時流行的機器饅頭，好大一顆！本來嘛，它就是給還在發育、肚子特別容易餓的青年人吃的。饅頭買到手，熱騰騰的麵粉香怪誘人的，先撕一半吃了再說。本來不餓的肚子，此時吃了一半反開始餓了起來；看看還有點大，再吃三分一吧！這時只剩下三分一了，意猶未盡，可是太小了不夠上課用怎麼辦？我的美術細胞又特別欠缺，別人可以一筆成形，我則是經常要改來改去。於是下定決心，再剝下一小塊塞進嘴裡，然後帶著忍無可忍還是要忍的心有不甘走進教室。

　　要抵禦冰淇淋、機器饅頭的誘惑，勉強還可以靠著自己的意志力；如果這個誘惑力大到意志力無法抗拒，那該怎麼辦？

　　較文明的作法，可能是用個鬧鐘、設個時間，提醒自

己：時間到了。如果沒效果，那就只好用殘忍一點的，例如古人讀書，懸梁刺股，打瞌睡就懲罰自己。如果再無效呢？意志力之外，只得借用外力來管束自己了，例如毒癮犯者沒能自己戒毒，那就送進勒戒所去。

徐賁在其〈人為什麼需要鬧鐘〉一文提到一個極端的作法，那是《荷馬史詩》在「奧德賽」部分關於奧德修斯和女妖塞壬的故事。塞壬是住在西西里島附近島嶼的女妖，每有船隻經過，就用天籟般的歌聲迷惑水手而使航船觸礁失事。奧德修斯得知塞壬的高危險性，但他一方面想聽她們美妙的歌聲，另方面又不願水手們被迷惑而遭致船難，於是他要水手們用白蠟封住耳朵，並讓水手把他綁在桅桿上。經過塞壬水域時，奧德修斯果然被美妙的歌聲所迷，瘋狂的命令水手替他鬆綁；水手們一來聽不到歌聲，二來當然聽不到奧德修斯的哭求，船就平平安安的過了險境。

奧德修斯的故事告訴了我們，人必須知道自己的弱點，尤其是僅靠自己的意志力，有時是無法抵擋外在的誘

惑，因此必須事先設計一套預防機制，借助機制來有效約束自己。因此徐賁談到美國神學家雷音霍爾德‧尼布爾（Reinhold Niebuhr）有關民主的一段話：「人行正義的本能使得民主成為可能，人行不義的本能使得民主成為必須。」認為這是對人性卑劣和高尚雙重性的觀察，由於人有行不義的本能，藉著人行正義的本能設計出一套民主制度來制約它。

　　但是，神學家的說法好似只講了一半，沒說出來的應是：「當人行不義的本能超越行正義的本能的時候，民主雖是必須，卻是不可能。」如果因選舉獲得全面勝利，執政者讓民主充分展現多數暴力，予取予求，假藉轉型正義、進行血腥報復，不顧民意、迫使人民頻頻走上街頭，完全是人行不義的本能當道，此時的民主與專制、獨裁又何異？這豈是雷音霍爾德始料所能及！

此地不缺銀行，只缺書店

書店打不贏銀行是早就接受的事實，

正如文化拚不過銀彈。

在

十倍速的時代，

人心浮動，社會紛亂，價值模糊，

多幾個科技新貴毋寧多一些文化燈塔，

帶來自覺、善良、溫暖與提升內在

修養的希望。

　　手機拍下即將吹熄燈號的這個書店，兀自在寒風中默然注視良久，伴隨在心頭的是陣陣感傷。

　　民生社區是台北老牌的文教區，這家位於民生東路和光復北路交叉口的金石堂書局是社區較具規模的書店，也是補充精神食糧的主要充電站，緊挨著它的後面就是一所

國中。日前據服務人員說，到了年底房東將把房子收回，轉租給一家銀行，租金調漲近一倍。民生社區的銀行已是櫛比鱗次，光是台塑大樓周邊就有近十家，根本不缺銀行，反而最需要的書店卻被銀行一拳打倒，豈不令人唏噓。

現今實體書店經營相當辛苦，這是眾人皆知的情況，願意苦撐經營的，營利之外大多有其文教方面崇高的理想。朋友告訴我說：現在要習慣逛網路書店、看電子書，時代變了。但是走進書店，撲鼻的濃濃書本味兒有如沉香，讓人紊亂的心情頓時沉靜下來，這是在實體書店無可被取代的享受。有次晚上約 11 點尚在敦化南路的誠品書局閒逛，碰上三位年輕的朋友拿著書架上的書本正熱烈討論八國聯軍攻打中國，此種情境不就是書店經營者最欣喜看到的氛圍。尤其每次在書店見到背著書包的學子專注翻閱著手上的書本，心中總會浮起莫名的感動。

赴大陸時，我習慣性的會利用機會去看兩個地方，一處是高速公路休息站的廁所，觀其管理、清潔如何，把它當作文明的重要指標，趁此比較各地文明的高低。

流光緩緩，
迷了路又何妨

另一處所是書店，我則把它作為文化的象徵，尤其是店裡出版品的類別和人來人往的狀況。不只大陸的王府井書店、文軒書店、新華書店、方所書店等大型書店是我喜歡溜達的地方，類似北京清華大學文津酒店旁具特色的小書店也是我流連的天地，可以瞭解當地的文化脈動之外，若是找到好書，坐在附設的咖啡店，一杯咖啡，讓咖啡香、書香和心靈靜靜交流，那種滿足感只能意會。

　　對孩子們來說，學校是接受教育的地方，讀的是教科書，文化的內涵則要靠自己額外去汲取，書店正好可以彌補學校的不足。最近幾年大陸積極推廣中華文化，走進書店裡可以看到有關古今文學的書汗牛充棟。

　　剛進新竹交大時，只有四個系和一個研究所，都是屬於工科，同學每天接觸的都是冷冰冰的數學、物理、電子、電路、電磁學等專業學科。交大學生給人的印象就是呆板、木訥，學生也覺自己枯燥、乏味。經過同學反映後，當時代理院長（新竹交大是以交通大學工學院在台復校）郭南宏先生從善如流，在學期中安排了一系列人文方

面的演講。記得余光中、朱岑樓等先生都曾到校，余光中先生還特別朗讀過他的一首有關打電話的現代詩。可以知道，科技的心還是須要人文來豐富它的靈魂。

多年前一所大學商學院辦了場論壇，題目是「科技與人文」，邀請了幾位講者每人作 10 分鐘主題演講，我被安排在一位遠近知名才女的後面。未料這位才女臨時遲到，主辦人員當下把我調整在她前面，讓我的壓力倍增，擔心講不好會遭她批評。於是我把原先四平八穩的講稿丟棄，臨場自由發揮。

首先，我舉這位女才子為例請問所有聽眾：「這位才女漂不漂亮？」台下用宏亮的聲音一致回答：「漂亮！」

「在我眼裡，她並不是屬於漂亮。」此話一出，聽眾立時鴉雀無聲，坐在台下的校長似乎也收起了笑容，大概是認為我得罪人了，等一下這位才女來了不知會否發生什麼尷尬的場面。

「漂亮可以用科技解決，包括養顏、美容、整形、塑身等；韓國女孩子在高中畢業後、進大學前，很多人會將自

己改頭換面，經過脫胎換骨後一個個都像是同副模子長出來的漂亮寶貝。這位才女在我的眼裡則是屬於美麗類型，所謂美麗是在漂亮之外加上人文，內在的修養、智慧、知識等孕育出她形諸於外特有的氣質和魅力，讓她成為永遠的美女，而不是短暫的漂亮。科技與人文之異，猶如漂亮和美麗之別。你們同意不同意？」我接著一口氣說完，台下又響起如雷掌聲。

宋儒黃庭堅說：「士大夫三日不讀書，義理不交於胸中，對鏡覺面目可憎，向人亦言語無味。」大陸有個順口溜說：「窮不丟書，富不丟豬」，鼓勵人要多讀書，陶冶性情，懂得更多人情義理。曾國藩在給兒子的家書中說：「人之氣質由於天生，很難改變，唯讀書則可以變其氣質。」圓顱方趾，人的外表本就相差無幾，能展現其間差異的，就在自然流露的氣質。書店，默默扮演了提升人文水準的功能。

民生社區的店家除銀行外，大多店面不大。微小型企業開了又關，關了又開，適者生存，來去本是平常，唯獨

書店的離去讓我不捨。

　　特別是現時政府在中學生歷史、國文課綱刻意去中國化，台灣在文化方面正慢慢產生沙漠化，書店則像是沙漠中的綠洲，維護文化的延續。此番書店遠去，宛如綠洲隨之消失。5、6 年前金石堂民生店從相距約 500 公尺的新中街口搬遷至現址，如今書店再次搬離，慨嘆之外，只能期盼他日它能在附近擇址重現。

那幅美麗的風景

如果那麼一瞥

你已把心動，留在我身上

我願以一世的回顧，再回顧

再久的等待，

又何妨

好喜歡朋友 Line 給我的這段話，不知是誰說的：I love it when I catch you looking at me, then you smile and look away.（我喜歡這一刻：當我抓到你正看著我，你笑了，把臉別了過去）。短短幾個字，如同一串電流穿梭而過，構成一幅多麼令人感動、溫暖的畫面！

現代都市鋼筋水泥般的生活已把人和人的距離拉得好遠，並且在彼此之間灑下猜忌、敵視、對立，一旦發現有人盯著自己不放，往往會朝著惡意的方向去想，輕者可能

裝作視若無睹，重則可能惡臉或惡言相向，而默窺者本是持著欣賞、喜悅的眼神，此時卻大部分會慌不迭地把臉扭開，好似做錯了事被人發現，雙方立時陷入尷尬、混亂的場面。

但是這句話給人的畫面是多麼溫馨，被發現在偷看的人，把窘迫的瞬間處理得如此從容、優雅、和諧，顯示出他的自在、大方、修為和智慧；被看的人也能和對方的微笑、自然的把臉移開，產生喜悅的共鳴，咀嚼著被欣賞的感覺。

其實生命不應只有一個層面，境界也不該只有一種，如果把原文輕輕動個手腳：I love it when you catch me looking at you, then you smile and look away.（我喜歡這一刻：當你發現我正看著你，你笑了，把臉別了過去）。把它想像成是在學校圖書館裡隔著距離對坐的兩位男、女生，角色互換，微笑把臉別開的是被看的人，悸動產生在心和心，眼神與微笑之間起了某種語言的默契，中間牽手的，不就是那讓天亦老的情！

一個微笑，不只是給別人，也是給自己；是一顆快樂的種子，會開花、會結果。德蕾莎修女（Mother Teresa）說過："Every time you smile at someone, it is an action of love, a gift to that person, a beautiful thing."（每次你對人發出微笑，就是一個愛的實踐，送了一份禮物，做了一件美妙的事）。這件美妙的事可能後續會生出一連串美麗的故事，意想不到的事。

不管是哪一幅畫面，前者呈現的可能是中年人的悠然，多了一份人情練達；後者展現的或許是青年人的情懷，多了一份憧憬，幸運的是我們，能夠看到這麼有厚度的風景，此刻不禁讓我連帶想起了卞之琳的小詩〈斷章〉：

你站在橋上看風景，
看風景人在樓上看你。

明月裝飾了你的窗子，
你裝飾了別人的夢。

咖啡裡的漩渦

今天留下汗水和淚水

苦鹽在裡頭結晶，

準備

明日綻放璀璨

　　喝咖啡本該是件心曠神怡的享受，但對我早期喝咖啡來說，卻曾是件辛苦的事兒。

　　1977 年底行政院經濟設計委員會（經設會）改組為行政院經濟建設委員會（經建會），凡是國家重大經建投資計畫與重大財、金、經政策等都須通過經建會審議，從該會出門的任何一項決策對台灣經濟發展都會產生重大影響，故有「財經小內閣」之稱。

　　1978 年 6 月我研究所剛畢業就進經建會服務，那時交到我手上的案件並不多，但是每一件幾乎都是大案子，對

於一個沒有經驗的菜鳥來說，真的是嫩肩扛大任，有點自不量力。幸好，反正天塌下來皆有老闆楊世緘先生（我們同仁都稱楊先生）頂著。

通常案子作業好了後，第一關先呈給楊先生過目。記憶中，鮮少能一矢中的，都會被楊先生請到桌前，進行討論。如果楊先生已有想法，那是最快樂的情況，只要拿回來依照指示重新修正即可。但是，如果不是呢？

既然是重大案件，就表示是經緯交織、錯綜複雜，非一時一刻能有個答案。到了楊先生面前，總是由我提綱挈領的，先把案情做個說明。由於自己道行甚淺，有時過度化繁為簡、有時卻化簡為繁，時而前後順序錯置、時而又掛一漏萬，楊先生總是有耐心的提問，直到他把問題理清楚。接下來楊先生就開始針對我提出的建議方案發難了，通常他的問題我是擋不了三個回合，第三個問題前就會被問倒，此時的我就像被手電筒照到的田雞，只能兩隻眼睛睜得大大的呆在那兒。

而楊先生呢？習慣的，一定是把菸拿出來，先問聲：

「介不介意抽菸？」，然後點上火，在輕煙繚繞中兩人開始楚囚相對，進入長考階段。沉默的場合總是很難熬的，被長官考倒更是痛苦，有時被氣氛逼得喘不過氣來，我會勉強硬擠出一些點子，下場要不是經不起楊先生一問，就是他根本懶得回應，大概是覺得太離譜吧。有時換他忽然得出一些看法，問問我的意見。我呢，一來怎麼可以否定長官的想法，二來想早點結束這沉悶的局面，在沒其他更好意見下，通常會帶點敷衍地附和點頭稱「讚」；可是很快的，他又會推翻自己方才的奇想，留下一臉難為情的我。

在僵局無法打開、兩人腦袋進入混沌狀態下，楊先生經常會適時說：「走吧，我們去喝個咖啡。」於是我把公文收一收，帶起公文陪同楊先生步出滿室的菸味，走到懷寧街和衡陽路交叉口、著名「公園號」酸梅湯對面的簡餐店。

點好咖啡後，楊先生肯定又是燃起香菸，看著天空，思考起剛才討論的問題。

而我，就被晾在一邊。

通常楊先生要等到思考有個結果，菸抽得差不多了，

才會去動桌上涼了一半的黑咖啡。我則是無聊的等到咖啡送上來了，把糖放進去，低著頭用調羹慢慢攪拌著杯子裡的咖啡，讓它形成漩渦，慢慢加速，然後趁漩渦快速旋轉的當下，把奶精倒進去，漩渦帶著奶精鑽進不見底的黑洞，我的思緒也跟著被帶到好遠、好遠，鑽進讓我昏天暗地的問題核心……

有人說：屬下裝笨是為了可以不做事。有了咖啡的激勵，我的腦袋瓜怎麼可以沒表現。而有了香菸和咖啡的雙重加持，楊先生頭腦裡面的 CPU（中央處理機）更是倍速運轉。於是在楊先生帶領思考下，兩人通常一個小時之內就可以走出死胡同，完成案子的說明、分析、建議，剩下的就只是讓我去完成勞力密集的紙上作業，於是如釋重負的我又拿起公文隨同楊先生走回辦公室。

踏進經建會之前，我是個只知讀書的書呆子；剛進經建會，我則是隻標準的菜鳥。但是在香菸、咖啡的氤氳淬鍊，我從楊先生身上學到許多。他是一位聰明絕頂、大開大闔又相當外柔內剛的謙沖君子，每次和他討論案子，剛

開始，像大滷麵糾纏不清的案情，他都能從系統性的架構切入，把案子的來龍去脈整得條理井然。對於問題的處理，他總是先把來文主管機關的方案予以歸零擺在一旁，另從大格局、大視野的角度探索可行策略方案，此時他邏輯推論的功力發揮到淋漓盡致，從問題到可行方案之間的關聯定是環環相扣。此外，他的學習能力像塊海綿，能夠迅速地把新學到的不同領域的元素整合到他的思維體系。

痛苦使人高貴。藉著經建會優異的環境，我有幸和楊先生有比較多機會可以用長片段的時間和他討論國家重大決策。就像德國的師徒制，又像英國劍橋牛津大學的導師制，楊先生總是耐著性子和我共同討論、一起思考，引領我思考解決問題的方法，讓我見識到所謂的策略性思維是如何的天高地闊。

陳之藩先生在《劍河倒影》一書的〈噴煙制度考〉文中提到：「林語堂先生引證說：牛津劍橋的學生所以好，是導師坐那裡噴煙，噴得你天才冒火。」楊先生的噴煙是讓他自己的天才冒火，咖啡則帶著我在思考的痛苦過程中成

長，記憶中兩人幾乎都是走到山窮水盡疑無路的時候，走進同一家簡餐店尋找柳暗花明又一村。只有一次例外，那是李國鼎先生交下的一件半導體投資案，請楊先生提供評估意見。

當時正是台灣掀起半導體投資熱的時候，同時間有數件國外來台投資的計畫書，但因資金龐大，都要求交通銀行參與投資。交銀是國家工業銀行，負有發展工業的使命，可是數件大投資案幾乎同時湧到，實在也有點吃不消。

楊先生把案子交給我後，我大約花了 10 天的時間從策略層面評估，然後交了兩頁報告和一頁圖表，心裡還掛著：會不會太單薄了？因為很多人是以「厚度」取勝。楊先生大概看了一陣後，請我到他辦公室，我以為要再經過一番苦戰，沒想到他二話不說，就拉著我：「喝咖啡去！」

進了簡餐店，楊先生點了菸，我仍舊玩著咖啡裡的漩渦，兩人各享所好後，他就開始問我分析的資料哪裡來的？繼之是產業的趨勢、投資案的利基、對台灣的影響……等等，最後是結論建議的推論過程，猶如指導教授

在考學生論文的研究方法。

　　楊先生分析案子、討論問題，一向重視方法論，講究架構、層次、格局、內涵、創意，更重要的是推論過程，誰都別想在他面前打混，想心存僥倖肯定過不了關。他常講的一句名言是：「好的報告不用長，即使只是一頁紙，掉到地上也可以發出聲響。」跟在他旁邊學習，有許多是學校或書本無法傳授的本事。

　　談完後，我問楊先生哪個地方要調整？他說：很好了，不用再改。哈！那可是在那店裡喝咖啡最爽的一次，心裡也著實有一種學成出師的成就感。可惜的是我們兩人先後離開經建會後，雖然在經濟部工業局再一起共事，但是每天各自繁忙的公務行程讓時間支離破碎，沒有了經建會時期一起用較長片段時間深入探討個案的環境，也失去了向他再挖一點壓箱本領的機會；留在回憶裡的，是在咖啡中學習、成長的既痛苦又溫馨的時光。

許我一段真情，還你一世信約

生可與死，死而復生

生生世世

死生契闊，執子之手

至此，不用再約

　　咖啡，曾經陪我走過那麼一段孤獨但是不寂寞的日子。

　　那一年，基於政治的原因，我被從擔任了 8 年 8 個月的經濟部常務次長職位調任行政院顧問，赴任之前根本不知那是個長得像什麼樣的工作。由於我的被調在當時是個熱門新聞，我的牙科醫生看到報導就糗我說：他的父親原來是某家銀行的副總經理，因年紀大了，被調任顧問。印刷公司送來了新名片，上面寫著「某某銀行顧門」，他父親告訴來人說印錯了，少印了個口。結果再送來的名片竟然是「某某銀行顧門口」，他父親只好又告訴來人說，口是在

門內、不是在門外。一張簡單的名片居然要三次才能印妥。

當時一位經貿界前輩曹嶽維先生打電話問我說：「小尹啊！聽說你被調到行政院當顧問了，那是幹什麼的呀？」我因此自我解嘲地回答說：「就像劉羅鍋被連降十幾級去守城門。」曹老當下大笑說：「劉羅鍋比你好多了，他去守城門還可以收收小費，你能得什麼？」

一間還算是寬敞的顧問室配備著一套完整的會客桌椅、一部映像管電視機、一套電腦、傳真機和浴廁；如果帶了午餐，上班進了辦公室，一個人可以安靜的在裡頭待上一整天，直到下班才出來、回家，其間沒人會來打擾，更沒人管你。陪伴我的，則還有離開經濟部時，同仁、媒體朋友送我的銅鑄法喜和尚、銅製關公，以及一套比利時進口的 4C 虹吸式咖啡壺。

從每天排滿公務行程、浸泡在人來人往，轉換到整天行程空白、抬頭看不到半個人影的日子，有如反璞歸真、進入僧院修道。坐姿的法喜和尚臉圓圓滾滾，鼓鼓的兩個腮幫子，法相甚是討喜。坐在銅座上，小和尚左腳單盤，

流光緩緩，
迷了路又何妨

右小腳直立，右手肘置於右腿上，手掌托著微微歪著頭的腮幫子，雙眼半開半閉，似在打盹，亦似在告訴世人：在我眼皮子底下，你們正搞些什麼壞名堂都逃不出我的法眼，我只是暫時在這兒休息、懶得理你們而已；等時機到了，我會風雲再起。每天空閒下來的時候，撫摸著和尚光溜的頭部，總能夠得到某些安定和領悟。

2005 年，正是台灣第二波產業大舉西移大陸的時候，最後一條筆記型電腦生產線吹了熄燈號；此外，亞洲洽簽自由貿易協定（FTA）蔚為風潮，區域經濟整合成為全球經濟發展新模式，可是執政的扁政府卻一籌莫展。安靜的日子給了我潛心研究兩岸經濟及區域經濟整合的機會，平日除了一屋子的孤獨為伴之外，就是一些朋友來訪，而能夠拿來回報情誼的，除了行政院的茶水（不好嫌它），就是我的 4C 咖啡。

知道我被調到行政院修練的人漸增，前來看我的朋友越來越多。但要入行政院拜會、洽公，是有門禁管制的，來探望我的訪客通常得由房門外的工友前去行政院後面的

大門口帶進來。據說，蔣經國先生擔任院長時，不喜同仁說那是行政院後門，而要說是北平東路大門。那位工友幾次告訴我，以前她比較悠閒，自從我來了後，她就變得很忙，要進、出、上、下幫我接客人。顧問室在 3 樓，行政院是座老建築，每層樓挑高都比一般大樓高很多，不習慣的人爬起樓梯來是會有點兒喘的，更何況是她一天要上下跑好幾回。

經由學習曲線效果，我煮咖啡的技巧越來越熟練。為了接待來客，我還去購買自比利時進口的 Lotus 焦糖脆餅，輕涮兩下咖啡後，焦糖、咖啡、餅乾融在一起，風味真是美好。有些朋友知道我那兒有「好康的」，還沒到來就嚷著要喝我煮的咖啡。於是我立了規矩，除非情況特殊，訪客要兩位以上，達到經濟規模，才會有咖啡招待。因為從開始煮咖啡到完成，一批次雖只需不到 8 分鐘，但是煮前準備及事後清理工作合計大約要 20 分鐘，相當勞力密集。所謂特殊情況是有些朋友因是常客，來了會幫忙清理事後的戰場，包括咖啡壺、杯子、桌面等，甚至會喧賓奪主動手

煮起咖啡。

　　由於經常煮咖啡，慢慢的，和咖啡壺道具漸漸產生若干熟悉和情感。一組咖啡壺由幾個主要部分構成，位於右邊的是酒精燈，其上是個金屬盛水器；左邊是個玻璃杯，裡面放著用濾紙包裹的咖啡包，連接其間的是根虹吸導管以及能產生槓桿作用、長相酷似天平的裝置，盛水器和玻璃杯就架於其上。準備好之後，盛水器因裝著水較重，裝置會成右低左高的態勢。當酒精燈加熱盛水器，內部氣體溫度隨著升高，壓力跟著上升，接近沸騰的水被擠壓循著虹吸導管跑至左邊的玻璃杯，和咖啡粉混合萃取；俟所有高溫的水流至杯子，盛水器空了，槓桿作用讓裝置換成左低右高之姿，酒精燈蓋子自動蓋上、熄火，盛水器溫度下降，和左邊玻璃杯因溫度不同產生壓力差，於是藉著虹吸原理，左邊被萃取後的熱咖啡又經導管回到右邊盛水器，玻璃杯裡則只剩下咖啡渣包。

　　人，腦子裡有時會莫名其妙跑進一些奇怪的幻影。有次當水從盛水器跑至玻璃杯，又從玻璃杯回到盛水器，扭

開水龍頭，流出香噴噴的濃縮咖啡，眼前忽然間晃過一幅影像，那不就像是明代劇作家湯顯祖所寫的《牡丹亭》（還魂記）！

該本劇作描寫少女杜麗娘遊園，睡夢中與書生柳夢梅邂逅相愛，醒後尋夢不得，抑鬱而終。3年後，柳夢梅來到，拾得麗娘自畫像，並與麗娘鬼魂相遇，掘墳開棺，杜麗娘因而復活；其後柳夢梅趕考高中狀元，唯困於盜棺之罪及不被岳丈所接受，好事多磨，終於金鑾殿獲皇帝作主，兩人乃能成婚。

湯顯祖在該劇《題詞》就寫著：「情不知所起，一往而深。生者可以死，死亦可生。生而不可與死，死而不能復生者，皆非情之至也。」至情至性，為愛可以死，死後又可以為愛重生。一壺的水，為了與咖啡相遇，不惜浴火，走過導管的奈何橋，萃取咖啡粉的精華，最終重回到盛水器的世間，猶如死而復生，成就令人更為讚嘆的風華。

是誰說過：「愛情只能用愛情來償還」？世間真正的友情何嘗不是該如此：「許我一段真情，還你一世信約」。落

魄之時，能特別撥出時間、專程跑一趟來看你的朋友，該用什麼來還？

讓命運屈服在面前的人

他熱愛生命，所以昂然活著；

他尊重生命，所以不讓人插手。

在他面前，命運沒有驕傲的權利；

在他身後，沒有人可以踩著他的影子。

下了公車，人行道上擺了兩個隔著距離的攤販，一位寒著臉的警察正在向右邊的老闆開罰單。

出於好奇心，我故意放緩了腳步。等到警察移向另一位，我才轉過身，向已被開罰單的中年人悄悄問說：「開多少？」

「一千二」

「為什麼是一千二？沒有便宜一點的？」

「公定價啦！兩個小時之內不會再來了。」原來花一千二百元可以買兩個小時安心的營業權。但是兩個小時可以

流光緩緩，
迷了路又何妨

賺到一千二百塊錢嗎？

「如果是乞丐在這裡乞錢，會不會被開單子？」我又問。

大概是嫌我問題多、又不買他的東西，或者是他根本答不出來，這位苦主乾脆閉起嘴來不睬人。

看到警察抓路邊攤，往往讓我想起數十年前台北羅斯福路公館附近的場景。那時公館公車站是人潮進出的樞紐，台灣大學在附近，巷子內的東南亞戲院是學子成群結隊、情侶相約攜手去看電影的地方。到了晚上，每每有年輕人在這裏擺地攤，賣些雜貨小東西；攤販彼此並且結為生命共同體，前後頭都安置了眼線，一旦發現有警察前來，一聲「條子（警察）來了！」，簡直比部隊緊急集合的動作還快速，墊在底下的布或塑膠布四個角落一抓、打結，幾下就收拾得一乾二淨，好像什麼事都沒發生過。

從路邊擺攤，包括烤地瓜、賣黑輪、爆米花、賣便當……等等，我們往往可以看到社會另一階層的人為生活打拚的現實面。

但是，取締、開罰單之外，我們能為他們做些什麼？

還在讀大學的時候，有一次系上到苗栗崎頂海水浴場辦活動。搭火車回新竹的途中，班上同學在普通車廂免不了嘻嘻哈哈吵成一片。忽然間，大家都被一幅景象震懾住了。

一位 40 歲左右的男子正從前面「走」來，他的臉上長了一些鬍髭，眼神明亮中帶了點哀傷。他的兩隻腳自膝蓋以下全被截去，僅靠兩根短短的肉腿在地上極度緩慢的、交互划著前進；而他的兩隻手，一隻是手肘以下全被截掉，另一隻則是離手肘下方約 10 公分被截去，就靠這僅剩的手肘，上面吊掛著一個小箱子，裡面擺著口香糖和一些零嘴之類，沿走道叫賣而過，整個車廂的空氣頓時鴉雀無聲的凍結在半空中。看著這位男子一「步」一「步」離開，我把頭轉向了窗外，讓不知何時爬上臉頰的淚水隨風離去。

過了十多年，該是約三十年前，那時台北中華路旁的中華商場還在，在跨越中華路的陸橋上，我竟然又遇見了這位男子，眼神仍是那麼明亮，但是厚霜覆蓋了他的鬍

髭，蒼老許多；原本掛在手肘上的小箱子可能是提不動了，和其他攤販一樣，也擺在地上，身子則仍直挺挺立著，在午後熾烈的陽光下。

歲月給了他最無情的折磨，生命讓他的餘生只剩下看不到盡頭的苦難，相信一定有人曾想幫助他，但他定是澈悟生命的必然和不必然，了然什麼是、什麼不是他的未來，兩隻短短的肉腿讓他頂天立地，猶如一位不倒巨人昂首矗立在天地間，以無比勇氣堅持生命的尊嚴，就如顧城在〈一代人〉二行詩所說的：

黑夜給了我黑色的眼睛
我卻用它尋找光明

讓命運屈服在他面前，還有誰能比他更有資格稱得上是位「生命的尊者」？

這世上有一種人，就像小葉欖仁，從樹幹分出的樹枝有如掌心永遠朝上的手，綿密的小葉片織成不露半點縫隙

的小碗，只會伸手乞求上天給予恩賜，卻把所有的恩賜據為己有，不與他人分享。

另有一種人，則像大王椰，高高在上，想直達天聽祈福，片片樹葉如千手下垂，上蒼給的恩賜毫不吝嗇地全部給了別人，半點不留給自己。

有次搭計程車，看到駕駛在車內的吊飾，猜他是位佛教信眾，一時心血來潮就問他：「你認為乞丐和路邊化緣的出家人有什麼差別？」

「一個是在把前世累積的福分用光，一位是在累積來世的福報吧。」毫不猶豫地，他說。

且不說這個答覆是不是正確，或許仁智互見，但是從一位駕駛的口中說出，多麼讓人震撼！

和那位勇敢的「生命的尊者」、甚至路邊的乞者相比，社會上一些政客、邪道人物，只會巧取豪奪，把別人血、汗掙得的財物，不管假藉什麼名義，明搶暗偷到自己手中，豈不正是在虧空他們往後好幾世、幾輩子的福報和福分！

流光緩緩，
迷了路又何妨

與墨人先生的一段緣

人生有很多的過錯是因為錯過

最大的遺憾是遲了，來不及

如果，時光可以如果

我企盼

重敘這段緣

　　和墨人先生「通」上電話後，終於下定決心，約了時間去看他。認真來說，這個約會已經遲了十多年。

　　和墨人先生結緣可以追溯到五十多年前，那時我尚讀小學，父親擔任里長，家裡有免費的報紙、雜誌可看，墨人先生在《中華日報》的長篇連載小說《白雪青山》則是我每天必讀的故事。當時雖然未能完全看懂裡面的詩、詞和對話，但是故事、文字、意境等都深深讓我著迷，是我閱讀的第一部小說，也可算是我的啟蒙小說。此後，那部

小說的情節就一直在我腦海裡迴繞。

　　讀大學的時候，有次暑假回台南，在「金萬字」舊書店閒逛，竟喜出望外的發現到《白雪青山》的單行本，原來該小說連載於 1964 年結束後，就由高雄長城出版社在同年 8 月出版。此本舊書紙張已是泛黃，但多年思念，此時哪能放過。將該書帶回新竹交大後，和《未央歌》一起放在枕頭旁。每天晚上睡前躺在床鋪上，信手拈來，翻到哪一頁就從哪頁看起，睏了就睡，這可是忙碌了一天後，最大的享受。

　　大學畢業、服完兵役後，到台北念研究所。有次逛到重慶南路台灣中華書局，發現該書局在 1972 年出版了《墨人自選集》，並收入《白雪青山》，當下又是一陣驚喜，趕快買下後，保存到現在，書本已見滄桑，裝訂的訂書針都長了鐵銹。

　　2001 年擔任經濟部次長時，有天意外接到墨人先生寄給我一本 2000 年昭明出版社再版的《白雪青山》，翻開裡頭，才知道無意中我和墨人先生另外結了這麼一段不尋常的緣。

1998 年聯合報系民生報的記者許昌平先生訪問我，談到最喜歡的書。我先是點了一些喜愛的小說和散文，隨後表示，如果硬是要挑一本，我選擇墨人的《白雪青山》。

　　該篇報導被作家郭嗣汾先生看到了，剪下寄給墨人先生。墨人先生就把是篇文章收入再版新書，並且在前言中提到該篇報導，說想不到大學讀計算機控制工程、曾經是經濟部工業局長的我竟然會喜歡他的小說，言下之意，好似學工程、又是搞產業經濟的人，會喜歡他的小說是一件不可思議的事；此情形就好像兩年前一位朋友向她的作家友人要本簽名書轉送給我，那位作家帶著狐疑的表情問說：這種人也會看這種書？

　　看墨人先生如此重視我喜歡他的著作，想是他把我當成了知音，其實墨人先生應該更感欣慰的是，我這個知音打從小學就已經是他的鐵打粉絲。

　　到了過年，我寄了張賀卡給墨人先生。很快的，他回了封信：

以後您得閒，我願奉陪大駕一遊廬山。只是今日廬山交通方便，更是旅遊勝地，缺少當年寧靜。少年時我在廬山讀書四年，歷經春、夏、秋、冬四季，幾也「天人合一」體會。我已十一年未回故鄉九江，今已八十晉三，尚可行動自如，再老恐力不從心也。

信中之所以提到廬山，主要原因它是《白雪青山》的背景，故事就發生在廬山。此信迄今我已保存 15 年，每次讀它，就像在和墨人先生對話，聆聽一位偶像大師親切的講著故事。而我，因為公職的關係，一直未能有機會前往廬山，遑論陪同墨人先生一遊，或許這將成為我倆此生共同的遺憾。

到了 2008 年我接任經濟部長前夕，墨人先生寄了一封信和一箱書給我，裡頭有《白雪青山》、長達 200 萬字 6 卷的小說《紅塵》、《紅樓夢的寫作技巧》、《全宋詩尋幽探微》等，我迅即打電話向他致謝。他表示，希望政府能將他一生作品出版全集。

墨人先生本名張萬熙，1920 年出生，從事現代詩、古典詩詞、長中短篇小說、散文、文學理論創作等六十多年，作品近 60 部，一生可說是著作等身，其短篇小說曾於 1961、1962 年和諾貝爾文學獎得主威廉福克納（William Faulkner）、拉格克菲斯特（Par Lagerkvist）等人同時入選維也納納富出版公司徵選的世界最佳小說選集。此事我曾和有關部門聯繫過，但是一直未能得到正面回應。

　　2013 年我卸下公職，電話向墨人先生問安，他歡迎我去看他，但因為平時要上醫院，讓我去前先和他約時間。雖然前往看望墨人先生的念頭始終在我腦子裡盤旋，但雜事仍多，一直未能認真去履行，更糟的是忘了他已是高齡 93 歲的老人。日前忽然心血來潮，猛地一驚，想到墨人先生已 97 歲了，此時若不去看他，更待何時；尤其我早就有一個心願，希望能和他來個專訪，向他請教這一生豐富的創作經驗。

　　於是撥了通電話，是一位印尼外傭接的，用盡中、英文皆難以溝通，於是我請她把電話轉給墨人先生聽，方知

他已無法言語，只能困難的說出極簡單的字。我心急如焚，立即做了決定，3 天後去看望他。

到了墨人先生在北投的寓所，是他取名的「紅塵寄廬」。外傭讓我進了門，一眼就望見狹窄的小院子裡瘦削的墨人先生正坐在輪椅上，一旁陪伴的是他最小的兒子，細談之下，是特地從美國回來奔喪的，3 天前才辦完老媽媽的後事；聽了，我不禁一陣愴然。

雖然赴北投之前對墨人先生的健康狀況我心裡已有數，身上仍舊帶著 1972 年中華書局出版的《白雪青山》和 2002 年的信件。見著老先生，我不停述說著往事，試圖找回他的記憶，並且把他最熟悉的書和信件放在他的手上。老先生用顫抖的手，緩慢地，幾次來回撫摸著書的封面，似在努力打開塵封的記憶，斷斷續續重複說著「白雪青山」、「中華書局」，如在呢喃他的至愛，不知是在感傷，或是有好多好多的依戀，偶而還會抬起眼睛注視著我，相信他看到了我濕潤的眼眶。

告辭離開寓所之時，原想和老先生留個影，作為作者

和讀者之間貫穿心靈的一段奇緣的紀念。但是轉念一想，
相片又能作什麼用？能留下什麼？過去，我已把見面最好
的時光蹉跎，留下難以彌補的遺憾。未來，天地悠悠，皚
皚廬山，春到依舊會是滿山青翠、鳥語花香，老先生早就
在《白雪青山》的書名作了交代。世事來來去去，能留的
留，不能留的走，人生何必拘泥，我還是把老先生的身影
和這段難忘的塵緣長留心底吧！

讓生命重生在放下

心有兩瓣

一半裝著淚，一半裝著笑

一瓣是苦，一瓣是甘

色不異空，空不異色

佛即是心，心即是佛

能得放下，便是

圓滿

　　掛在心頭的懸念，放久了，就像卡在喉嚨的魚刺，渴
望去之而後快，但事實經常是與願違。直到有那麼一天，
或許是天可憐見，會因一道亮光突然閃過，糾結在心裡的
罣礙豁然開朗。此亮光，來得是那麼神奇；其痛快，則是
令人舒暢到莫可言喻。

　　讀高二的時候，曾看過一部電視影集《迷俠》，非常喜

愛它的主題曲，尤其前半段旋律不斷縈繞在腦海，可惜當時沒能記得它的名字，數十年來一直想解開這首歌的謎團。

日前一位朋友 Line 了美國鄉村歌謠〈Take me home, country roads〉給我，這是一首 1950 年代前後出生的人耳熟能詳的有關西維吉尼亞州的老歌。認真再聽了一遍，竟然發現裡頭有一個字「Shenandoah」，這不就是我日夜想要找的歌曲的名字〈Oh! Shenandoah〉（譯做山南度或仙納多）！眾裡尋他千百度，得來卻不費工夫。

〈Shenandoah〉原是美國民謠，敘述住在密蘇里河谷名叫 Shenandoah 的印地安酋長有個女兒，一位路過的年輕人對酋長女兒表達他愛慕的情懷。表面上這首歌是情歌，其實歌詞裡奔騰寬闊的河流、背井離鄉的單騎、濃濃的思戀，加上舒緩、帶點哀傷的旋律，呈現的是美國早期移民面對前途的蒼茫。在作為《迷俠》電視劇（A man called Shenandoah）的主題曲時，男主角（Robert Horton，1924-2016）為配合劇情內容，還親自把歌詞做了番修改。

《迷俠》一劇先於 1965 至 1966 年在美國 ABC TV 播

放，而後台灣電視公司取得權利，於 1968 年 7 月開始每周五晚上播映。故事的主軸敘述一位經歷南北戰爭之後的年輕人意外受到槍擊，經醫生治療後失去記憶，不知道自己是誰，也不知是誰為何要殺他；醫生替他取了「Shenandoah」的名字，意思是「沉默的土地」。此後，這位年輕人就展開一連串尋找他身世的生涯，每一段故事都是希望的開始，也都是失望的結束。到了最後一集，一位女士 Macauley 告訴他：「你是誰，未必重要；重要的是，你是什麼樣的人。」（It's not always important who you are; it's always important what you are.），以此做為整部戲的結尾，同時留下讓人省思的餘韻。

人同此心、心同此理，當意外受傷因而失去記憶，生命頓時歸零，前途茫然，回首無著，總會想去尋找答案：到底我是誰？我的故鄉在哪裡？我的父母和親人如何？但是現實殘酷，天地遼闊，沒有半點線索的情形下，可能踏遍白山黑水，窮餘生之力仍是枉然。

即使找到答案了，留在腦子裡的記憶和答案之間卻沒

流光緩緩，
迷了路又何妨

有任何連結，感情的臍帶也不復存在，其意義又在哪裡？

　　每個人都有兩個「我」，一個活在過去，沉浸在踩著影子尋找自己；一個活在未來，面對陽光創造自我。回轉身去找尋或回顧來時路的我的同時，流水並不中止，巨石仍續往前滾動。過去的歲月既然已成空白，未來的人生更不能虛度；放下追尋過去的我，好好開創未來的我，才是生命的走向。從 who 轉折到 what，Macauley 女士宛如大師在勸著世人要放下、轉念；但是兩者之間雖看似僅是一念之隔，卻也可能因人的執著而咫尺天涯。

　　蘇軾曾經慨嘆：「人生到處知何似，應似飛鴻踏雪泥；泥上偶然留指爪，鴻飛那復計東西。」，月性和尚也說：「埋骨豈期墳墓地，人間到處有青山」。日升月落，冬去春來，天地既然如此遼闊，萬物委寄其間，必定充滿精彩；漫漫紅塵，何不讓自己活得絢爛。

　　路旁菩提樹的落葉正鋪滿人行道，少數已搶先換上酡紅新衣在陽光下依著風的音符凌空飛舞。脫下舊的，才能穿上新的，就讓生命在放下的過程持續獲得重生吧！

昂首雲端，只為傲笑諸神

其實

無所求，甚或是

不能求。

不如說，求也沒用！

說我了無牽掛

卻又老是心中

有一塊田

心田，深耕多年

卻永遠長不出苗

忘不了

也不忍棄守

只因為

那偶而傳來的

喜悅

還是我深盼的

—簡菱臻 2017.8.26 初稿

　　收到手機簡訊，說妳已成佛。雖是不出意料的結果，在等待奇蹟出現的盼望中，仍是一陣黯然。

　　二十多日前接到妳親人電話，說妳因突然昏迷被送到醫院。醫生檢查後說，已錯失搶救黃金時間，腦細胞大部分壞死，能夠期待的機會不大。家人則是不捨的希望多觀察幾日，期待老天給妳最後奮鬥的機會。

　　那天進入加護病房，站在妳床邊，默默看著呼吸勻稱的妳，臉色猶帶些許紅潤，周邊幾個示波器走過一波又一波規則的圖形，實令人難以相信醫生的診斷；況且妳一生和命運之神的對抗未曾中斷，屢屢創造令人讚嘆的成就。櫻花總是在櫻花樹看似生命走到盡頭之時怒放，此刻，正

是不同櫻花輪番上場盛開的季節。看著栩栩如生的妳，輕聲為妳加油，希望妳是在準備中，打算再給大家一個驚喜。

但，這場仗，看來妳最後還是讓給了老天。

認識「白木屋」遠在認識妳之前。任經濟部次長時，每逢生日，學生、朋友都會同時送來幾個蛋糕；有次竟同日收到兩個「白木屋」大尺寸蛋糕，一些來慶生的老朋友大呼說：這是目前最好的蛋糕耶！我才知那是當時竄起的品牌蛋糕。而就在此時期，「白木屋」於 2004 年獲得有中小企業奧斯卡獎美譽的「國家磐石獎」，2008 年更榮獲獎勵企業卓越經營的最高獎項「國家品質獎」，氣勢蒸蒸日上，成為知名品牌。

2008 年擔任經濟部長時，政策上鼓勵企業將經營型態轉為前店後廠的觀光工廠，同仁特地安排我帶領媒體朋友前去參訪「白木屋」。見了面，方知妳是特地從日本趕回來，也才認識很多人口中的「簡董」、「簡老師」是長那個樣子。接待室裡大家鴉雀無聲，靜聽著妳殷殷暢談如何用文創的理念經營這家企業和所有產品，並且強調待客的飲

料、麵包和蛋糕都是低糖的健康食品。品質、創意、用心和愛，是妳不停闡述的元素，看得出來，「白木屋」三個字就是妳的驕傲。

　　體驗是訪客到白木屋品牌文化館不可或缺的行程。妳領著我們走過意象廊道、DIY 區、隔著透明玻璃一目了然的生產加工區、營業區，就像一位小學老師，滔滔不絕地用故事講著每一個設計的意涵，讓我們走進蛋糕的夢幻。於是我開始相信：妳是用雕琢藝術品的熾烈熱血在打造妳的事業，就像一棵樹木，把生命伸進每一根樹枝、每一枚葉子。我們用眼睛看著蛋糕，妳則是讓蛋糕用妳的靈魂說話。因此我開始瞭解，為何有些人一談到妳就會嘴角帶著一抹奇特的微笑。肯定這些人嚐過妳堅持至善至美、不肯妥協的苦頭，見識到妳對品質毫不讓步的執著，對妳懷著又敬又畏的心理。

　　可是經營企業畢竟是存在現實的世界，即使「白木屋」得過大大小小的獎項、證書、標章，受到各方面的肯定，閃亮品牌更是無價的資產，妳仍受到主力銀行也是最大公

股銀行無情的抽銀根，被逼到幾近走投無路。我知道後，特別託請中小企業輔導機構協助，將主力銀行轉到其他銀行，才化解危機。

妳也曾遭遇地方民意代表以環保為訴求，糾眾前來抗議；我從報紙知道，表示要幫妳忙，妳則無奈地告訴我，那是選舉時因募款結下的恩怨，只能循政治途徑解決。

靠近中秋節的時候，公司電腦系統發生問題，無法連線作業，妳急得直跳腳，痛罵電腦公司，我只好私底下拜託也是好朋友的電腦公司高層專案幫妳解決。

由於在經營企業方面，妳遭遇各種挫折和挑戰，對我們這些官員簡直不假辭色，經常批評我們外行、官僚，只會講大話、說官話，所有的輔導計畫都是在浪費公帑，我只能苦笑以對，因為妳所舉案例大部分我都難以反駁。

認識妳不到 10 年，除了見證妳和「白木屋」走過風雨，也對妳多了幾分了解。妳告訴我說，妳讀的是工專建築科。讀書之時，不斷寫作現代詩、散文，字裡行間流露的盡是滾燙的情感，投稿報紙、雜誌的稿費足以維持生活

和學費，是個不折不扣的熱血文青。

　　畢業後從事室內設計，曾為桃園某位大戶人家設計室內裝潢，該客戶有位喜歡大紅大綠、自我品味意識甚為強烈並曾擔任政府高層的家人，對妳的設計有不同看法，妳仍堅持自己的設計，硬是不肯妥協。妳的說法並不是妳的設計有多好，而是直截了當的說：她根本外行。這就是妳！

　　就在妳一路跌跌撞撞，卻又持續往前推進的情況下，妳先後在桃園市和新竹縣竹北市成立白木屋 LaWish 歐式餐廳，兼賣麵包、甜點，蛋糕，繼續擴展「白木屋」的版圖。誰知妳父親過世前對妳一番話：女人家不要扛太大的社會責任。令尊過世後，或許妳也累了，就把「白木屋」給賣了。又誰能料，無事一身輕的妳反成了醫院的常客，身、心不斷遭受各種病魔折磨；此期間，妳精神轉好時還會興致勃勃的和我討論，打算從事獨一無二的文創坐月子中心的構想。

　　拿出我對妳的記憶，其實不足一眼。

　　樟樹上滿布的縱谷，條條山脈如刻劃在妳身上歷歷的

傷痕。

　　眾生用時間消磨一生，妳用生命一刀一筆雕鑄流年。

　　妳堅持走在山的稜線，認為那是通往無可被替代的道路，而攀登金字塔頂尖就是妳此生唯一要到的彼岸。

　　如穹蒼中的孤鷹，妳這大漠裡的獨行客，沉默是無聲的掙扎，熱血是僅存的體溫。

　　有妳簡老師在的地方才是精神的「白木屋」、靈魂的「白木屋」，是皚皚雪地矗立在山巔更勝雪白的聖殿。

　　空谷本是留給知音，群山卻還妳迴盪。在雲端昂首，只為了傲笑諸神。

　　或許命運是永遠的出題者，妳要解的題目是沒有答案的功課。

　　最苦命的薛西弗斯在一無所有的輪迴中打轉，妳比他多了分期付款看不到落日的病痛。

　　上蒼給妳的越多，上蒼對妳的考驗越冷苛，扶妳的手可始終牽著，處處藏著祂的不捨。

　　2016年下半，妳告訴我：明年5月的某一天要留給妳，

妳兒子結婚慶宴，要我代表賓客上台致辭。我半開玩笑說：
明年的記事本還沒出來，我的本子只夠記到今年底，請妳
明年再提醒我一次。

　　兒子的婚禮是妳此生最後的圓滿。在妳住院時，妳常
抱怨身旁的「警察」管得很嚴，要求妳要做那、不准做這；
偶而還會打電話告知朋友，「警察」正推著輪椅陪妳在中正
紀念堂廣場散步、曬太陽。「警察」是妳幫兒子取的別號，
從這暱稱可知妳是多麼享受被看管的樂趣。婚宴時，見到
妳拋開輪椅、支杖，無礙地穿梭於賓客中，大家都以為妳
身體已康復，其實那只是表面。

　　曾告訴妳，我想向妳學點現代詩。妳卻說：不必學
啦！把你的感動直接說出來就可以。有天，妳告訴我，喜
歡我當天早上的問候語：「早安！把今天的祝福走私給妳，
如同阿嬤偷偷塞給妳疼惜的紅包。」妳說已有幾分現代詩的
味道，這可是我第一次聽到妳的肯定。

　　拗不過老天的召喚，妳要走了。連續幾天的陰雨，終於
放晴。我把那幾個字完成了一首〈早安〉，日日向妳問候：

雲陰沉霸占了幾個天

終於回來了，太陽

宣示她才是天空的主人

現在可以推開心靈的窗

讓風也撥開葉子

把花香伴著陽光，躡手躡腳走進來

而我已準備好今天的祝福，走私

給妳，就如阿嬤

偷偷塞給妳疼惜的紅包

新人間 269

流光緩緩，迷了路又何妨

作　　者—尹啟銘

美術設計—呂德芬

美術編輯—呂德芬

執行企畫—曾睦涵

主　　編—王瑤君

製作總監—蘇清霖

發 行 人—趙政岷

出 版 者—時報文化出版企業股份有限公司

　　　　　10803 臺北市和平西路 3 段 240 號 7 樓

　　　　　發行專線—（02）2306-6842

　　　　　讀者服務專線— 0800-231-705（02）2304-7103

　　　　　讀者服務傳真—（02）2304-6858

　　　　　郵撥—19344724 時報文化出版公司

　　　　　信箱—臺北郵政 79~99 信箱

時報悅讀網—http://www.readingtimes.com.tw

時報出版愛讀者—http://www.facebook.com/readingtimes.fans

法律顧問—理律法律事務所陳長文律師、李念祖律師

印　　刷—盈昌印刷有限公司

初版一刷—2018 年 4 月 13 日

定　　價—新台幣 280 元

（本書如有缺頁、破損、倒裝，請寄回更換）

流光緩緩，迷了路又何妨 / 尹啟
銘作 . -- 初版 . -- 臺北市：時報文
化，2018.04
　　面；　公分 . --（新人間叢書；
269）
ISBN 978-957-13-7356-0(平裝)

855　　　　　107003397